新潮文庫

# 使用人探偵シズカ

## —横濱異人館殺人事件—

月原　渉著



新潮社版

10802

Contents

人に欺《あざむ》かれるのではない。自分で己を欺くのである。

ヨハン・ヴォルフガング・フォン・ゲーテ

# 使用人探偵シズカ

Housemaid Shizuka's
Case File

## 横濱異人館殺人事件

幕府が締結した、英吉利《イギリス》、仏蘭西《フランス》、露西亜《ロシア》、阿蘭陀《オランダ》、亜米利加《アメリカ》との修好条約。

この安政五カ国条約は、外国人に居留と貿易を認めた。

当時の横浜にも一八五九年の開港以後、外国人居留地が造成される。そこは、表向き領事裁判権が認められただけの場所に過ぎなかったが、実際は諸外国との紛争を回避するため、治外法権が確立していた。

商社と洋館が建ち並び、最盛期には多数の外国人が暮らした。

だが、そこに在った洋館建築群は、歴史の陰に埋もれて顧みる者はない。

——明治。

これはその横濱異人館のひとつで起こった奇怪な出来事。

名残館の死の遊戯《デスゲーム》めいた事件——

——一八××年、夏。

# 一章　名残館への誘い

ある明治の年。

わたしは家族とともに、横濱《よこはま》近くの片田舎へ移り住んでいた。内陸よりで、古くから半農半漁を生業《なりわい》としている。起伏に富んだ地形は独特で、湖沼と河川が入り組み、いくつも丘があった。夕暮れ時、蟬《せみ》の声とともに湖沼や丘陵が橙《だいだい》に染まるさまは何とも云《い》えず美しかった。

父は士族として、新政府でも地位を約束される人物であったが、病が災いして出世争いから脱落した。中央から寒村へと移ったのはそうした経緯からであった。いわば都落ちで、父はこれを嘆き、くどいほど恨みごとを口にした。わたしは物心ついたころから、この父とそりがあわなかった。田舎暮らしは父にとって忌々《いまいま》しい出来事なのだろうが、わたしはそこでの生活を好ましく思っていた。その出世欲が強かった父も亡《な》くなり、遺族の常として、わたしたちは遺品整理に頭を悩ませることとなった。

遺品整理の指揮をしたのは、わたしの母だ。しっかりものの母は、引っ越しのときから蔵へ放り込まれたままになっていた、数々の品を根気よく整理しはじめた。実を云うと、わたしも興味津々《しんしん》で、その埃《ほこり》っぽい場所へと赴いていた。

蔵の中の品々は大半ががらくたで、つまらないものばかりだったのだけれど、隅の方に置かれていた四角い包みには心惹《ひ》かれた。実は、それに憶《おぼ》えがあった。父がまだ健在の頃、蔵の中で見せてくれたものだ。

海の風景を描いた洋画。

それまで一般に流通していたのは、木版印刷の錦絵《にしきえ》ばかりだ。別に北斎や歌麿《うたまろ》、広重が悪いというのではないけれど、現実を切りとった洋画の描写は新鮮な感動があった。

描き手は、朝日が昇ろうとする、その瞬間を克明に写し取ろうとしたのだろう。白波は淡く蜜柑《みかん》色に染まり、海へとせり出した断崖《だんがい》が、陽光と明暗を分けて描かれている。空に舞う海鳥たちは、風を受けていっぱいに羽ばたいていた。

父は、さほどその絵に興味があるわけではなかったのだと思う。珍しい洋画を自慢しただけだったにちがいない。しかし、わたしにとっては興味を惹かれる対象であった。わたしは包みを手に取った。形見分けに、この絵をもらおうと思ったのだ。

包装を解き、絵を蔵の壁ぎわにある、古簞笥《だんす》の上へ置いた。久方ぶりに包みを解かれ、人目に触れた絵は、しかし、在りし日の海の風景ではなくなっていた。

古い蔵の一角で、うち捨てられるように放置されていたのが災いしたのか、あるいは使用されていた画材の質が悪く、経年による劣化を免れなかったのか、その様相はすっかり変わっていた。

――いや、これは。

わたしは驚きとともに、疑惑を抱いた。保存状態が悪かったのは事実だ。劣化もあっただろう。ただ、描き手はそれを見越していたのではないか？

絵は、乾燥してひび割れ、表層が剥落《はくらく》していた。海の風景は失われてしまっていた。落胆と、その下から顕《あらわ》れた驚くべき光景に、わたしは衝撃を受けた。

海の風景が崩壊し、顕れたのは地獄の光景であった。

地に横臥《おうが》する死者たちは、自らの死の苦しみを物語るように指を曲げ、胸や首を掻《か》きむしる。克明な描写に救いはなかった。

中央には、縄を首に巻き、ぶら下がって縊《くび》れ死んでいる男が描かれていた。それがこの絵の主題であるらしい。生気を失った肉は、やけに生々しく見るものを怖《お》じ気《け》だたせた。縊れた死者の瞳《ひとみ》は、青白く炎をあげ、わたしを捉《とら》えていた。

わたしは確信する。この絵を描いた人は、かならずこのような剥落があると計算して、地獄の光景を封じたにちがいない。どんな意図によるものかはわからないが、間違いなく仕組まれている。それが証拠に、上に塗り重ねられた凡庸な風景より、下から顕れた地獄の光景のほうが力を持っていた。

凡庸な絵を塗りつぶすなら話はわかる。けれど、上等の絵に凡庸の絵を重ねるものはいない。結果としてそうなったのかもしれないが、ならば上の凡庸を残す意味が失われる。

わたしは、絵の隅を確認した。描き手の署名が残されていた。これも、描き手の作為を確信させた。

久住正隆《くすみまさたか》。

それが、この縊れた男の描き手だ。

蔵で見つかった絵は、専門の業者に鑑定された。その絵の価値がどれほどのものか期待されたわけではない。明治の世で、まだ洋画は珍しかったけれど、予想どおり鑑定の結果は芳《かんば》しいものではなかった。

描き手の久住正隆は、はやくに亡くなり、功績のない人物。業者は縊れた男の絵を高く評価しながらも、無名の画家による絵に、二束三文の値しかつけなかった。縁者で、この絵を欲しがる者はなかった。わたしも海の風景は欲しかったが、下から顕れた地獄のような光景は、どうにも所有する気を無くさせるものだった。

縊れた男の絵は行き場を失っていた。そんな折り、鑑定を依頼した業者を通じて連絡があった。その絵を欲しがっている者がいる。高額で買い取ってくれるというのだ。

そんなうまい話があるかと、母はいぶかしんだ。もしかすると、業者すら知らないだけで、この絵には価値があるのではないかと、そんなふうに考え、違う専門家に鑑定を依頼したりもした。しかし、どんなに調べても、久住正隆の絵に二束三文以上の値がつくことはなかった。

母は懐疑的であったものの、絵を売ることを決めた。相手に連絡をとり、確かに法外の値で売却される算段がついた。わたしは成り行きを見ていたのだが、相手側が、ひとつ条件を出してきた。

所持者の親族、できれば直系の者が、直接この絵を運んできて欲しい、というのがその条件であった。これは母を困惑させた。

業者に届けさせるのではだめなのか。何度も問い合わせたが、高額で買い取るにはその一点が重要で、他の手段で買い取りは行わないというのが相手側の云い分であった。

母を中心にして縁者による話し合いが行われ、最終的には条件をのんで絵を売ることが決まった。そして、母から絵を運ぶ役目に任ぜられたのが、一族でももっとも年少の――一番暇であったというのも理由だけれど――わたしというわけだ。

わたしは、こうして父が遺《のこ》した絵を持っていく役目を仰《おお》せつかった。

――名残の会、

代表は氷神公一《ひかみこういち》――

それが、絵の売買で間に入った業者から聞かされた、相手側の名だ。名残の会は、乱立した西洋画の私塾出身者の作品で、条件にあうものを収集している団体だという。代表を務める氷神公一は資産家で、横濱居留地外縁の館《やかた》に在住して、国内外の絵の収集を行っているそうだ。

わたしは、厳重に梱《こん》包《ぽう》された絵を持って、その場所へ向かうことになった。

横濱居留地。

掘り割りで仕切られた隔絶の地だ。整然とした街並みは、そこが治外法権の確立された異国の地であることを物語っている。築地《つきじ》居留地との間には陸蒸気《おかじょうき》も走り、遅れ気味の日本の地とは思えぬ様相である。

しかし、近代化ばかりが居留地のすべてではなかった。刃傷沙汰《にんじょうざた》をはじめ、物騒な事件にはことかかぬ。住んでいる異国人からして、一攫千金《いっかくせんきん》を狙《ねら》ってやってきた者が大半だから、腹に一物、臑《すね》に傷ある者も珍しくない。幕末には攘夷《じょうい》浪人まで出没し、殺傷事件や疫病《えきびょう》の蔓延《まんえん》、奇怪な事件の絶えぬ魔窟だ。

横濱居留地の商業区域である山下地区は、近代的であった。瓦斯《ガス》灯《とう》が設置され、重厚な煉瓦《れんが》や石造りの洋館が立ち並ぶ。わたしは氷神公一のはからいで、特別の許可でもって立ち入りがゆるされたのだが、まったくこちらが異邦人になった心地だ。

訪問先が外国を相手にひけをとらぬ資産家であることや、居留地に足を踏み入れるのを考慮して、わたしも短髪洋装だけれど、着慣れぬ服だから似合っている気がしない。周囲も、おかしな輩《やから》がいると思っていることだろう。

整然とした道を歩いていると、日傘を持ち、蜂《はち》のように腰のくびれた洋服の麗人が、わたしを物珍しげに眺めたりする。その蒼《あお》い瞳の好奇に、はからずも緊張を強いられてしまう。

思わず急ぎ足になり、逃げ込むように角を曲がると、誰かとぶつかってしまった。

道端に尻餅《しりもち》をついたわたしを、冷たい眼が見下ろしていた。

「Осторожно《アスタロージナ》（気をつけて）」

相手の女性は、こちらを睨《にら》み、聞いたことのない言葉を発した。それから、はたと我に返った様子で、

「手を」

女性は云った。内心で安堵《あんど》する。この国の言葉も話せるらしい。不思議な色の瞳が、こちらをじっと見すえていた。裾《すそ》の乱れをひと撫《な》でして正し、手を差し出している。わたしはまごまごして、ようやく相手の意図を理解した。

「不作法で申し訳ない」

「さようでございますね」

彼女は、やんわり云った。なかなか気が強い。差し出された手を握って立ち上がる。女性とぶつかって男のわたしが倒されてしまうのは、なんだか情けない話だ。おまけに助け起こされている。普通は逆ではないか。そう思って、相手の女性を見る。彼女は、女性としては背が高かった。

濃紺の洋服に白い前かけをしている。髪は洋装に合うように束髪で、英吉利《イギリス》結びにまとめられていた。洋装と束髪は急速に普及しているけれど、それにしても洋装は舶来品か外国人用品店でしか調達できず、日本人の体型とちがっているから滑稽《こっけい》な印象を与えるものだ。

だが、今、目の前にいる女性は洋装を着こなし、髪も自然で立ち姿に隙《すき》がなかった。

この国に根付いた人々とは異なっている。そんな印象を受けた。

何より、彼女の眼が物語っている。瞳はその血筋の奇縁をあらわすように、我々のものとは色味がちがっていた。灰色で、光の加減によって鈍い青みを帯びる。露西亜《ロシア》から渡ってきた異人か、欧州北西の民か、あるいは開港によって堕《お》とされた混血かもしれなかった。

「すみません、ちょっと急いでいたもので――」

「そのようでございますね」

「――先ほどのは、どういう意味ですか？」

「先ほどとは？」

「異国の言葉を話していらしたでしょう？」

「何か申しましたでしょうか？　とっさのことで、何を口走ったのか――」

「そうですか。それならばいいのです」

「……お急ぎという話ですが、どちらへ行かれるのですか？」

女性は、こちらの顔をまじまじと見て、何か思うところがあったらしく、そんなふうに返してきた。わたしは隠す必要もなかったから、

「外縁のほうのお宅です。丘の上にあるそうですが」

「ゔぇるにーの異人館でございましょうか？」

女性の問いに、わたしは「はあ」と、生返事をする。

「あなた様は、秋月和美《あきづきかずみ》さまですか？」

「そうですが、なぜわたしの名前を？」

わたしは、相手の口から突然自分の名前が出たものだから面くらった。

「お迎えにあがりました。わたくしは、氷神家の使用人でございます」

「なるほど、そうでしたか。土地勘のない場所で、ちょっと不安になっていたところです。いや、良かった」

わたしは安堵した。迎えがあると思っていなかった。氷神公一という人は、一財産を

築く商人だけあって、なかなか気が利《き》いているようだ。

それにしても、どうしてこの使用人はわたしを一目見て、秋月和美という人物だと思ったのだろうか。ここは居留地だから、確かに異人以外の者は珍しいのかもしれないが、それだけでは人物を特定する根拠にならない。

「なぜ、わたしが秋月だと思われたのですか？」

「……主《あるじ》の館へいらっしゃれば、おわかりになるでしょう」

はぐらかしているのか、そんな答えを返すだけだ。

「あの、あなたのお名前は？」

わたしにとっては、氷神家の使用人というだけでじゅうぶんだけれど、相手はこちらの名前を知っているのだから、こちらも知っておいていいと思った。

「シズカ」

彼女は、

「ツユリ・シズカ」

と、不思議な音の連なりを続けた。

「異国の方ですか？」

「いいえ――」

彼女は、自分の姓名を説明した。

栗花落静。

と、書くらしい。

名前からして、異人では無いようだ。さりとて、純粋にこの国の者とも思えない。やはり混血だろうか。年齢はどう見ても——混血の容姿を考慮に入れても——せいぜい二十代の半ばといったところで、こんな麗しい女が使用人の地位にいるのが、そぐわない気がした。もしかすると、主の妾《めかけ》かもしれぬなどと、邪推してしまう。

当の本人は、自己紹介を済ませると、こちらの様子に頓着《とんちゃく》せず背を向けた。いきなり素姓を詮索《せんさく》するわけにもいかない。探していた氷神家が、わざわざ迎えの使用人をよこしてくれたのだから、ありがたく案内を請《こ》うことにした。

わたしは、他に気になったこともあったので、そちらを色々と聞いてみた。

「先ほどの、べるにーの異人館というのは、どういう意味でしょうか？」

「秋月さまは、居留地ははじめてでいらっしゃいますか？」

「ええ、なかなか入る機会もないですから」

「では、少しご説明いたしましょう。今から赴くのは、争乱で薩摩・長州が箱根まで進出した際、仏蘭西《フランス》から来ていた技師を避難させるため造成された場所です」

「仏蘭西からの技師？　それはまた初耳です」

「それが、れおんす・ゔぇるにーという名だそうです。幕府から請けおって、横須賀《よこすか》で製鉄所を建設したのだとか。争乱を見越して、横濱村への退去が命じられたのですが、ゔぇるにーは事業を中断できないと云って、結局は横須賀に留まったのです」

「立派な職業人の気質ですね。仏蘭西の人も技師というのは頑固な人が多いようだ」

「そうした経緯によって、横須賀からやってくる技師のために用意された館は、本来の役目を失いました」

「わたしにも事情がよく呑《の》み込めてきましたよ。氷神氏は、その物件を買い取ったわけですね。うち捨てられた異人館を。急遽《きゅうきょ》用意された場所だから、居留地でも外れの方に建てられているのでしょう？」

「さようでございます。横須賀製鉄所の建設中に、試作された西洋煉瓦を用いて建築は行われました。ころにあるすたいる、という画期的なものだとか」

「それがゔぇるにーの異人館と呼ばれているわけですか」

「こう呼ぶ者もあります。名残館と――」

行き交う人々の何人かは、英字新聞や雑誌を手にしていた。居留地ではこうしたものも発行しているようだ。立派な髭《ひげ》を生やした紳士が、烟草《たばこ》を片手に現地情勢を把握しようと努めている。

シズカは、商店が並ぶ中心街から離れ、人気のない方へ向かう。居留地から、混沌《こんとん》とした外縁へと至ろうとしていた。

目的地はもう目の前のはずであったが、いっこうにそれらしき建物が見えない。わたしは額にうっすらと汗を浮かべて歩いた。先を行く使用人は、涼しい顔でまったく苦にする素振りもない。

「まだ遠いのですか？」

「もうすぐでございます」

何度問うても、返ってくるのはそんな言葉ばかりだ。わたしは足が棒になってきて、もう帰りたい気持ちにさせられた。

ようやく、丘へと続く小道に行きあたって、シズカは立ち止まった。

「この先が、主の館でございます」

「やっとですか」

わたしは息をついた。梱包した洋画を抱えて歩き通しだったから、もう体力は限界に達していた。

気持ちが緩んで、小休止してから顔を上げると、いつの間にかシズカの姿が見えなくなっていた。わたしは焦《あせ》って周囲を見回した。どうもあの使用人は、こちらがへばっているのに頓着せず、先へと進んでしまったようだ。

小道へ踏み込み、シズカの姿を求めた。急ぎ足になって後を追う。

いけどもいけども、使用人の姿はなく、館も見えてこない。わたしはもうあきらめかけていた。足を止め、また小休止する。

風の中に、不思議な音を聞いた。

それは一定の調子で、切れ切れに流れてくる。よく耳を澄ませる。

――唄《うた》だ。

放浪者の心理なのか、わたしは誘われている気がして、その唄の聞こえる方に進んでいった。道は細く、荒れて周囲は草木だらけになっていた。

空が泣きはじめる。潮の香を感じるのは、ここが海の間近だからだろうか。わたしは、風上へ視線を向けた。枝葉の合間から、たしかに灰色に濁った海が垣間見《かいまみ》えた。

海へと突き出すような断崖――

その構図が、記憶を呼び起こした。

似ている。縊れた男の絵を覆《おお》っていた、風景画に似ているのだ。角度が少々違っているが、それは今立っているこの場所から見て描いたわけではないからだろう。断崖の反対に回れば、ぴったりと構図は合うはずだ。

あの絵は、この場所で描かれた。久住正隆は、この地で絵を描き、それが父の手に渡り、わたしはその絵を持って――

唄が間近に聞こえた。思わず思考を中断してしまうほど、魅力的であった。わたしはこんなにも綺麗《きれい》な声を聞いたことがない。それは断崖の方から、澄んだ声を響かせていた。わたしは惹かれ、そちらへ足を向ける。

歌詞はない。聞きおぼえもない。土地柄からして、異国の唄なのか、あるいは発している者が、戯《たわむ》れに創作した無名の旋律かもしれぬ。そう考えながら、一歩、また一歩と断崖へ近寄っていく。奈落《ならく》へ向かって切れ込んでいく縁に人影が在る。

その海と空の境界に彼女は立っていた。

あの使用人だ。こちらに背を向け、虚空《こくう》へ視線を向けていた。

切支丹の祈りにも似た姿。

唄が止《や》んだ。

そうすると、それまで聞こえていなかった波の打ちつける音や、風のざわめきが騒々しいほどに鼓膜を刺激した。

「秋月和美さま」

シズカはふり向いた。

裾をつまんで、礼をする。

「ようこそ、名残館へ」

背後で、雷鳴が轟《とどろ》いた。

# 二章　謀《はか》られた集い

シズカが指し示した断崖《だんがい》の先には、孤立した台地がある。周囲を切り立った崖《がけ》と海で囲まれ、本土と繋《つな》がるのは吊《つ》り橋だけだ。

「あそこに……？」

「主《あるじ》が待っています」

シズカは、吊り橋の前に立ってこちらを見た。海からの風に煽《あお》られて、前髪が乱れて彼女の瞳《ひとみ》を隠していた。

「どうされますか？」

「え？」

わたしは、相手の意図をはかりかねた。ここにきて、意思確認をするというのはどういう了見だろうか。

「ここから先、簡単に引き返すことはできません」

「はあ」

そんな生返事をしてしまう。

「どうしてそんな確認をされるのですか？」

「……惹《ひ》かれる方、その奇縁をよく知っている、ということでございましょうか」

「どういう意味です？」

「わたくしは、居留地でご奉公をさせていただいております。この地に棲《す》まうと、色々なものを目にする機会があるのでございます。不可思議な出来事、奇怪な事件を目にすることもしばしばあります。もっとも多いのが――」

シズカの唇の端が歪《ゆが》んだ。笑ったのだろうか。

「――惹かれる方々でございます。奇縁によって誘われ、何かに惹かれる。一度惹かれ、囚《とら》われれば、簡単に戻ることは出来ません。そうした方々を、何人も見てきました。だから、きっとあなた様もそうではないかと」

「なかなか興味深い、怪談めいて面白い話ですが、わたしには関係ないでしょうね」

わたしは、母に命じられて絵を運んできたに過ぎない。氷神公一氏に絵を渡したら、すぐ自宅へ帰るつもりだ。絵の代金は、手付けが支払われていて、現物の確認とともに残りが支払われる。その取引に関しては、わたしの知るところではないから、絵さえ渡してしまえばお役ご免だ。

「――こちらへ」

雷光が明滅した。

まばゆさに瞬《まばた》きをくり返すと、シズカの姿が消えている。

彼女は、いつの間にか吊り橋の中ほどまで進んでいた。

「さあ、おいで下さいませ」

誘われるように、わたしは一歩を踏み出した。

正直なところ、高所は得意ではない。吊り橋なんてもの、人生で一度も渡った経験はない。実際、その吊り橋は目も眩《くら》むような高さで、下は白波が打ちつける岩礁《がんしょう》だ。落ちたら絶対に助からないだろう。それでも、わたしは一歩、二歩と、吊り橋を渡っていた。

「おいで下さいませ。おいで下さいませ」

何度も、シズカが誘う。夢の中のように現実味が失《う》せ、不思議と高所の恐怖を感じなかった。わたしは、ついに吊り橋を渡りきった。

「ここが名残館。氷神家の別邸でございます」

隔絶された台地に立つ館《やかた》は、夕闇《ゆうやみ》と雷光で禍《まが》々《まが》しく彩《いろど》られていた。

「ここは別邸なのですか？」

「本宅は、上野のほうにございます。そちらは遠戚へ譲られて、主はこちらを終《つい》の棲家《すみか》とされています」

「立派な建物だ……」

　わたしは建物の全体を眺めた。別邸などというこぢんまりとしたつくりではない。豪勢な洋館建築だ。鶴《つる》のように両翼を広げ、中心となる玄関のあたりが主塔のように突き出ていて、それがうずくまる鶴の首に思われた。

「秋月さま、ひとつご忠告を申し上げます」

　シズカの口調には、相変わらず感情がなかった。その表情からも意図を読み取ることは難しかったが、何か重要なほのめかしを予感して、わたしはそれまで以上の注意でもって彼女を見た。

「なんでしょうか」

「ここは居留地でございます。この国にあって、この国でない場所。文明開化の拠点であり、領事裁判権と、外国勢力との対立を恐れる暗黙の不可侵が、お上の法と秩序を、この場所から遠ざけています」

「ここが異国の地だというのは、ここへ来るまでに堪能《たんのう》しましたよ」

「それだけではないのです。欧州などから様々なものが流れてきます。ここは吹き溜《だ》まりなのでございます。異質な出来事にも事欠きません。この場所には、この場所の定めがあり、それは外の世界とは異なっているのです」

「何をおっしゃりたいのでしょうか」

　わたしには、シズカの云《い》わんとしていることがいまひとつわからなかった。

「定め、でございます。そのように規定されている。この場所ではそうなのだという、そうした了解が必要なのでございます」

「郷に入っては郷に従え、そういう意味でしょうか」

「はい。何度もくり返しますが、この場所ではそうなのだと、そのように了解をしていただく必要がございます。もしも、そうでないのなら――」

シズカは、途中で言葉を切った。無情の仮面にはいささかの意味も顕《あらわ》れてはいない。そうであるのに、ぞわりと肌があわ立った。

「ご忠告を忘れぬようにしましょう」

「では、こちらへ――」

シズカは玄関扉の前まで進んだ。

「氷神公一氏はいらっしゃるのでしょうね？」

「お待ちでございますよ」

シズカは、やはり色無く応《こた》えた。そうして、重苦しい金属音とともに、玄関の両開きの扉を開け放つ。中は暗かった。

「どうぞ」

シズカは、薄闇の内部へ、するりと入り込んだ。わたしは少し躊躇《ちゅうちょ》したけれど、そこでじっとしているわけにもいかないので続いた。

目が慣れると、内部の様子がよくわかった。玄関から入った建物の中央は、二階までの吹き抜けの大広間となっている。左右に廊下が続き、中央には二階へ上がる螺旋《らせん》階段が見えた。銀の燭台《しょくだい》で揺らめく灯の群れ。飴《あめ》色に磨かれた床に、光が鈍く反射して映る。そして秘密めいた空気が、建物の内部の隅々まで満たしていた。

階段の側に火のない暖炉があり、周囲にいた人々が、いっせいにこちらを向いた。

「ご到着でございます」

シズカが、人々に告げた。

全員が立ち上がり、わたしをまじまじと見つめた。

その場にいたのは、年齢も性別も統一感のない集団だ。それが、皆わたしへ注目している様は異様であった。光量が十分でない灯りのせいで、暖炉の周りに立つ人々の顔は、いずれも影のようになっていた。左手にある大きな仏蘭西《フランス》窓が、雷光で激しく明滅する。眩《まばゆ》い光が、人々の影を背後の壁に焼きつけた。それは怪物のように歪《いびつ》で、この世の者とは思えぬ形をしていた。

「……あの人たちは？」

わたしは、生唾《なまつば》を飲み下して声を出した。控えているシズカは、低い声で答えた。

「名残の会」

遅れてきた雷鳴が、シズカの声に続いた。

わたしは、気後れして動けずにいた。こちらをじっと注視する名残の会の人々の思惑は知れない。

「どなたが、氷神公一氏なのです？」

わたしは、それでもなんとか声をしぼり出した。シズカは、今度は首をふった。

「主は、奥でお待ちです」

そうして、「ご案内します」と続けた。

わたしは、名残の会の面々の、粘り着くような視線から逃れたい一心で、シズカに続いた。館の左手側の廊下へ向かう途中で、仏蘭西窓の前を横切る。その瞬間、また雷光が周囲を照らした。

わたしは、発光から目を守るために顔をそむけた。自然と、視線が暖炉の方にいる名残の会の面々へ向いた。そのとき見てしまった。

そのうちのひとりの顔を、はっきりと。

雷鳴に打たれたような衝撃が走った。ひどい耳鳴りと頭痛。心臓が飛び出すかと思うほど鼓動が高鳴った。足下がふらつき、視線が定まらない。

「……秋月さま？」

シズカの声が遠く聞こえる。

膝《ひざ》の力が抜けた。床が眼前に迫ってくる。

——そんな莫迦《ばか》な。

わたしの心を占めていたのは、そのひとことだけだ。

見てしまった。そして知ってしまった。

すべて偶然の産物であると、そんなふうに了解している現実の一場面で、ふいに入り込んでくる作為。信じられない、信じたくないものがそこにあったのだ。

現実に生きる人間は、皆がわたしに賛同してくれるだろう。どうして、そんなものが信じられるだろうかと。

しかし、そうではなかった。

その証拠に、あの男の顔は、顔は——

意識が途切れる瞬間、シズカの死人めいた色の唇がわたしを呼んだ。

——あの男の顔は、

絵に描かれた縊れた男だったのだ。

# 三章　死美人と惑う

海の底で目を醒《さ》ましたような心地。

気がつくと、わたしは見なれぬ天井を見上げていた。前後不覚気味で、すぐに自分自身の状態について把握できない。記憶はあいまいで、自分が何者なのか、ここがどこなのか、すぐ判断がつかなかった。

ひんやりとした感覚。

それがわたしを覚醒《かくせい》させた。

わたしは服の胸元をはだけ、長椅子《いす》に横になっていた。人形めいた貌《かお》の女が――使用人のシズカだ――その裸の胸元に手をあてていた。

なんという綺麗《きれい》な手だろう。染《し》みひとつない肌、細い指。小さな爪《つめ》は、ぎやまん細工のようだ。しかも、それは温度を感じさせず、ひどく冷たい。凍った手で心臓をひとつかみに握られている気がして、息苦しかった。

「気がつかれたようですね」

シズカは、わたしの顔を覗《のぞ》き込んだ。

「ここは？　わたしはいったい……」

「名残館。秋月さまは、ここへ着いたとたん、気を失って倒れてしまわれたのです」

シズカの言葉を、わたしはまだよく理解できていなかった。

現実感の失《う》せた頭は、目の前の使用人に対する、純粋な疑問を思い起こさせた。

「あなたは何者です？」

「ツユリ・シズカ」

シズカは、まだわたしが夢心地なのだと判断したようで頓着《とんちゃく》しなかった。

「あなたは、異人の血が――」

言葉の途中で、わたしは胸に軽い痛みを感じた。見ると、胸にあてられていたシズカの小指の先が、肌を浅く掻《か》いていた。胸に赤い線が引かれたように疵《きず》つけられている。

「頭は、はっきりとなさいましたか？」

「ああ、はい」

わたしは意識を失うまでをすっかり思い出した。そうだ、今は他人の詮索《せんさく》をしているときではない。もっと考えるべき問題がある。

「雨が降り出して、湿度が高かったですからね。名残丘まで、湿度の高い中を歩いたのがこたえられたのでしょう」

きわめて現実的な解釈だ。わたしは、シズカの言葉にうなずいた。

確かに暑さにやられたのは事実だろう。普段はさほど運動するわけではないから、荷物を抱えての強行軍は辛《つら》かった。

それにしても、一番の原因はわかっていた。

――そう、あの男の顔だ。

思い出して身震いする。

絵の縊《くび》れた男と、うり二つだった。うす暗い最中《さなか》で、見たのは一瞬だけだったが、間違いなく同じ顔。あれはいったい何を意味しているのだろうか。

父の持ち物であった絵に描かれた死者とそっくりの人物がこの場所にいる。うす気味悪い事実だ。この地、この場所へわたしが来たのは、偶然のはずなのに、何者かに意図され、謀《はか》られた心地だ。

いや、そんなことは不可能だ。それが出来るとすれば、わたしを絵の運搬役に指名した母だが、母がそんなことをするわけがない。だいいち、絵が描かれたのは何年も前のはずだ。わたしが絵を運んできて、その絵に描かれた男とそっくりな男と出会うことを作者が想定するのは無理だろう。

――頭が混乱してきた。

わたしは、なんとか身を起こした。全身に嫌な汗をかいていた。今、冷たい水に飛び込んでしまえれば、どんなに心地が良いだろう。

「これを召し上がってください」

いつの間にか、シズカが杯を差し出していた。ぎやまんの杯は結露していて、冷たい飲み物だというのがわかった。わたしは礼を云《い》って受け取ると、それを飲み下した。

さわやかな酸味のある液体、柑橘《かんきつ》の味わいがした。

「ありがとう、生き返りました」

「それはなによりでございます」

シズカは、空の杯を受け取って、「水分を摂《と》って、安静になさっていればすっかり回復します」

「あなたは、医学の心得が？」

「看護を学んでいます」

「優秀なんですね」

「仕事に必要というだけです」

相変わらずそっけない。

そこで、わたしははたと気がついた。窓から見える外の景色が、すっかり暗闇《くらやみ》に閉ざされているのだ。

横にかけられていた上着を探って懐中時計を取り出した。しかし捻子《ねじ》を巻くのを忘れていたためか、時計は止まっていた。これでは時間がわからない。

わたしは困ってシズカに、「すみません、今は何時ですか？」

問われて、シズカは懐中時計を取り出した。銀製の婦人用で、精緻《せいち》な細工がしてある異国風の品だ。それを見るため、柄付眼鏡も取り出した。こちらも銀製で美しい。彼女は眼鏡がよく似合っていた。

「夜、七時でございます」

「もうそんな時間か。まずいな」

今から帰ると、かなり遅い時間になるだろう。ゆううつな思いで立ち上がった。

「お世話になりました。持ってきた絵は――」

「そこにございます」

シズカは、長椅子の横を指し示した。持ってきた絵が置かれていた。

「では、これを氷神公一氏へお渡し下さい。わたしは、これで失礼します」

「主《あるじ》は、直接あなた様にお会いしたいそうです」

シズカは、有無を云わせぬ口調だ。わたしは困惑した。

「しかし、目的はきちんと果たしたのですから」

「絵を買い取る条件は、あなた様が運んでくることだと、そのようにうかがっています」

「ええ、それは確かに」

「であれば、お会い下さいますように」

融通の利《き》かない態度だ。この使用人と問答しても不毛のようであった。

「わかりました。できれば、手早くお願いします」

「では、主に報《しら》せてきます」

シズカは、そう云って戸口まで歩き、そこで再び踵《きびす》を返した。

「秋月さま」

「なんですか？」

わたしは、はだけた服を直しながら聞いた。

「夕食で、お酒は召し上がりますか？」

「いや、すぐ帰りますから……」

わたしは再び困惑した。なぜここで夕食を摂るという話になっているのだろうか。

「主は、夕食をともにされたいとのことです」

「ありがたいことですが、帰らなければなりませんので」

「お酒は召し上がりますか？」

「呑《の》みません」

どうも、らちがあかない。わたしは嘆息した。主の氷神公一が、シズカより物わかりの良い人物だといいのだが。

あらためて周囲を見回してみる。わたしが寝かされていたのは応接室らしかった。部屋の中央に低い半円形の卓があり、柔らかな革の長椅子が囲んでいる。壁は三面が書棚で埋められている。残る海側は、窓があって外の様子がうかがえた。家具はどれも洗練された品だ。わたしは、古木を加工した卓の表面を撫《な》でてみた。重厚な感触である。これだけでもかなり値が張る品だろう。

氷神公一という人物は、貿易業で財を成したという話だ。居留地で商いをするには、領事との関係が欠かせない。外国の領事に取り入り、うまく事を成すのは口で云うほど容易《たやす》くない。それだけでも、海千山千の人物だと云える。現に一帯を買い取り、これだけの家財道具をそろえて維持しているのだから、たいした金持ちなのは間違いないようだ。

無名の画家の作品に、大金を投じるのは金満家の酔狂だろうか。絵の代金を踏み倒される心配だけはなさそうだ。そんな安堵《あんど》とともに、窓から見える闇に沈んだ海を見つめた。暗いうねりの向こうに、街の灯りが垣間《かいま》見《み》えた。遠く居留地の洋館建築の群を、瓦《ガ》斯《ス》灯《とう》が濃い陰影で描き出している。黒々と、幾何学的に重なる屋根と、冷たい石造りの肌は、異国の地を思わせた。

遠く離れては、故郷を想《おも》うものだ。居留地の人々が、異邦にあって生まれし地を想うからこそ、この眺めは英吉利《イギリス》か仏蘭西《フランス》に擬せられているのだ。

「名残はあるか？」

低い老人の声。

わたしは慄然《りつぜん》として身構えた。

隣に老人がいた。今の今まで、誰もいなかったはずなのに。車椅子に腰かけたまま、わたしと同じほうを向いて街の灯を見つめている。

「名残はあるか？」

老人はくり返した。かなりの老齢らしいのに、声帯から力が失われていなかった。まっ白に枯れた長髪を後ろに流し、葡萄《ぶどう》色の長衣をまとった姿は、威厳と存在感がともなっていた。こんな人物が隣にやってきたというのに、気がつかなかったのが不思議でならなかった。まだ暑気あたりで倒れた影響が残っていて、ぼんやりしているのだろうか。

「名残はあるか？」

三度、老人の口から同じ問いが発せられた。

「いえ、その……」

どう答えて良いかわからなかった。老人が発する問いの意味が不明であったし、何よりも戸惑いが大きかった。老人は、灯りから視線を外し、わたしを見た。

「秋月和臣《かずおみ》の名残はあるか？」

「父を知っているのですか？」

思わず問い返していた。秋月和臣、それは父の名だ。見知らぬ老人から、没して間もない父の名を聞いたことで、戸惑いはいっそう大きくなった。

「知っている。いや、知っていたというべきか……」

老人は、こちらに頓着せず、片手を挙げた。それはほんの少しの動作であったけれど、よく気がつく使用人への指示としてはじゅうぶんのようだ。音もなくシズカが歩み寄ると、車椅子を回転させて部屋の中央へ押していった。

老人の車椅子は、木目が美しく、それだけで工芸品として価値がありそうだ。しかし、よく使い込まれているとはいえ、動かすと軋《きし》む音がしっかりと聞こえる。それであっても、わたしは老人やシズカがこの部屋に入ってくるのにも、隣に来るのにも一切気がつかなかった。よほどわたしはうっかりしていたのか……。

「座りたまえ」

「はい。はじめまして、わたしは……」

動揺したままであわただしく名乗ろうとすると、老人が片手を挙げて制した。

「秋月の子。わしにとってはそれでじゅうぶんだ」

「……あなたが、氷神さんでしょうか？」

ようやく落ち着いて、そう質問する余裕ができた。老人は、じっとこちらの顔を注視している。眼光は鋭く、何か重要なものを吟味している素振りだ。

「いかにも、わしが氷神公一だ」

「わたしは……、わたしは母に命じられて、ここへ絵を運んできました。わたしがやってくることが、そちらの要望であったという話ですが」

「そうだ。秋月の子とまみえることを、わしが望んだ」

「では、これで契約は果たされたと考えて良いでしょうか」

わたしは、さっさと用事を済ませることにした。気がかりはあったけれど、いちいち確かめていたらきりがない。それでなくとも、ずいぶんと時間を消費してしまった。帰路を考えると、憂鬱《ゆううつ》であった。

「金か？　払うとも。心配せずとも、じゅうぶんな額を前金で渡してある。君が来たことで、残りも秋月家に渡るだろう」

「これで肩の荷がおりました。絵は、ここにあります」

梱包《こんぽう》された絵を指すと、シズカがそれを氷神公一のところへ運んだ。

「……返ってきたか」

氷神公一は、重々しく吐き出した。何かを為《な》し遂げたようでいて、達成感など微塵《みじん》もない表情であった。

「どうして、絵を買われたのですか？」

　わたしは、すぐに暇《いとま》を告げて、帰路につきたい衝動をおさえて質問した。それだけはどうしても聞いておきたいと思っていたからだ。氷神公一は、梱包された絵に手をかけて、唇の端を歪《ゆが》めた。

「過去に囚《とら》われているからだよ」

　なんだろうか。この老人は意図するところがあって、こんなまどろこしい真似《まね》をして絵を購入したらしいが、それは余人には理解できぬ理由であるらしかった。

「……では、わたしはこれで失礼します」

　とにかく、用事は済んだ。これで母や親類は満足する。わたしは解放された気分で席を立った。

「待ちたまえ。まだ終わってはおらん」

　氷神公一の言葉とともに、シズカが無表情でわたしの前に立ちはだかった。

「どういうことですか？　わたしは、すぐに帰らなければならないのですが」

「まだ、こちらの用事が済んでおらんのだよ」

「約束したのは、わたしが絵を運んでくるというところまでです」

「そうだな」

　氷神公一は、苦笑してシズカを見た。シズカは、それだけで了解し、

「今夜はもう遅うございます。秋月さま、こちらへお泊まり下さいませ」

「困ります。わたしは、帰る」

ここで相手の意思に従う理由もなかった。わたしは、シズカを押しのけて退室しようとした。

彼女の脇をすり抜けようとしたとき、鼻先に変わった匂《にお》いを感じた。最初は刺すように、ついで甘く脳髄に染みていった。

足下がふらついた。

「秋月さまは、まだ体調が戻っておられません」

「いえ、平気です……」

わたしはなんとか体勢を立て直そうとして、シズカに寄りかかった。

「こんなに汗をかいておられます」

彼女は、すみれ色の手巾《しゅきん》を取り出して、わたしの額の汗を拭《ぬぐ》った。鼻腔《びこう》に広がる匂いがいっそう強くなった。

「さあ、こちらへ座ってお休み下さい」

うながされて、わたしはたまらず長椅子へ座り込んだ。

「帰らなければ」

「お休みになってからにしたほうが良いでしょう。体調が優れぬのに、無理をして帰るのは危のうございます。居留地の夜は、何が起こるか知れたものではございませんゆえ」

　正論だ。今の状態で、わたしは帰途につく自信がなかった。

「……それに天気が悪くなってきました」

「こんなときに」

　間の悪いことに、雨足が強くなっていた。窓にはいくつも水滴があたって、はじけている。風もあるようだ。

「泊まっていかれよ」

　氷神公一が、車椅子の上で重々しく云った。「部屋はある。一晩ゆっくりされて、それで帰られるがいい」

「そんなご迷惑は……」

「遠慮することはない。わしは、この年になるまで血眼になって金儲《もう》けをした。世の中を自分の才覚だけで渡り歩いて、多くの財を成したのだ。その過程で、弱者を踏みにじらなかったかと問われれば、答えは否《いな》だろう。それを今さら恥じようとも、隠そうとも思わない。だから、君が遠慮をする必要などありはしない。このごうつくばりから、いくらかむしり取ったところで、それは社会への還元であって、感謝されることはあっても、非難されることはないのだからな」

「しかし……」

　客を一人泊めるくらい、この大金持ちの老人にとって何の痛痒《つうよう》もないだろう。それにしても抵抗感は拭えなかった。わたしは、今すぐにでもシズカを振り切り、大雨の中、吊《つ》り橋を渡り森を抜け、居留地から出るべきなのだ。近くに安宿でも見つけて、そこで体調の回復を待つという手もある。こんな曰《い》わくありげな館《やかた》に泊まる理由は——

「どうかお泊まり下さいませ」

　シズカの唇が、死人の色を持ったそれが、現実的な意思を溶かしていった。

「秋月和臣とは旧《ふる》い仲だが、やつが晩年をどうすごしたのかは知らぬ。今宵《こよい》は、それを聞かせてもらおうではないか。世間的には二束三文にしかならぬ絵に、法外な値を付けて買い取ろうというのだ。そのくらいしてもらっても、ばちはあたるまい。それとも、君はそれでも帰ろうと云うのか？」

「わたしは……」

　体からすっかり力が抜けていた。もう時機は逸していた。シズカを振り払うことも、すべて忘れて逃れることも、わたしにはできなかった。

「それでいい」

　老人は嗤《わら》った。

「誰も逃れられん。秋月は逃れたいと願ったかもしれんが……」

老人は、もうわたしに対して話してはいなかった。

「ゆっくりと休まれよ……」

# 四章　怪異の宴《うたげ》

案内された客室は、あらかじめ用意されていたように小綺麗《こぎれい》だった。寝台はきちんと調えられ、床に塵《ちり》ひとつ見当たらない。この館《やかた》には、名残の会とかいう面々が集っているから、そのために準備をしていただけかもしれない。そう頭で理解しかけて、わたしは背筋があわ立った。

書き物机に、一輪挿しが載っている。鳳仙花《ほうせんか》。わたしの好きな花だ。

部屋に案内してきたシズカは、戸口に控えている。何か、不首尾がなかったかと、その目が尋ねていた。不首尾などあろうはずがない。彼女は完璧《かんぺき》な仕事をしている。わたしは物ぐさだけれど、寝床の快適さにはこだわる。清潔な寝床はこのうえない喜びだ。花も好きで、ときどき部屋に一輪挿しが欲しくなる。部屋の照明は、明るすぎず、就寝前の読書を妨げない程度におさえてある。室内は細部に至るまで、わたしの好みになっていた。

調べたのだろうか？

　わたしは疑った。それは、あるいはもてなしとしては正しい対応かもしれない。秋月家の人間が来ることを――それが誰なのか少し調べれば容易にわかるだろう――予想して、その好みにあった用意をしておく。高級な宿や旅館なら、珍しくない。しかし、ここは高級な宿や旅館ではない。そうまでするだろうか。シズカは完璧主義者で、細微に至るまで妥協をしなかったというだけかもしれないが、それにしても一種の不気味さを禁じ得なかった。

　わたしは、探りを入れるように、鳳仙花を指した。

「好きな花です」

「そうでございますか」

　そっけなかった。まったく何を考えているのかうかがいしれぬ態度だ。わたしはさらに云《い》い募った。書き物机に置いてある便せんを指し示す。それは淡い青色の表紙で、やはりわたし好みであった。

「ああしたものは、常に準備されているのですか？」

「お客様がいらっしゃる場合には、不首尾がないように準備を致します」

「わたしのために？」

「来客は秋月さまだけではございません。客室の便せんは、お客様のためにご用意させていただいたものです」

「すべて、同じなのですね？」

「客室は同じでございます」

「あの、淡い青色の表紙の？」

「さようでございます。主《あるじ》の使う主寝室のみ、赤色のものを用意しておりますが、例外はそれだけでございます」

シズカはまったく動揺を見せなかった。

わたしの考えすぎだろうか？

「晩餐《ばんさん》は一時間ほど後になります。時間になったら、お呼びしますので、それまでゆっくりとおくつろぎ下さいませ」

シズカは退室しようとした。

「待ってください。絵は、絵は確認されないのですか？」

「──ああ」

呼び止められたシズカは無表情で、

「晩餐の後でございます。そこで──」

「──そこで？」

わたしが重ねて問うと、シズカは含みを込めて、

「──名残の会の方々とともに」

そして、足音を消して去った。

わたしは取り残された。妙なことになったものだと嘆息する。母に命じられ、ただ絵を運んでくるだけの用事であったはずだ。なのに、こんなおかしな館に逗留《とうりゅう》するはめになるとは。

背中から肩にかけて、重い疲労を感じた。わたしは、そのまま寝台に倒れ込んだ。冷たく、乾いた布が頰にあたる感触が心地良い。蓄積した疲労が吸い取られるように消えていく。それが意図されたものかはともかく、感謝したいほど快適であった。

壁にかけられた振り子時計が、時を刻む音だけが響く。わたしは眠りかけていた。最初に物音を聞いたとき、時計の音だと思って気にしなかった。続いて、木を打つような音がして、ようやく扉が叩《たた》かれているのだとわかった。

夕食までは、まだ時がある。シズカが出て行ってから、ほんの十分も経《た》っていなかった。何者かとわたしは不審に思って、

「はい、どちらさまですか？」

「……秋月さん、秋月さんですね？」

低く、おさえた口調だ。断定できないが、女性なのではないかと思えた。

「そうですが、どちらさまです？」

わたしが、歩み寄って扉を開こうとすると、

「待って下さい。そのままお聞き下さい」

「どういうことです？　あなたはいったい……」

こちらの疑問には答えず、扉の向こうの声は続けた。

「ここから逃げるのです」

「逃げる？　なぜ逃げるのですか？」

わたしは寝台から起きあがり、扉の前に立った。すぐそこを開けば、相手の正体はわかるだろう。しかし、それをするのは躊躇《ためら》われた。相手は、こちらに自分の正体を悟られることを避けている。だからこそ、このような形で話をしているのだ。

「誰も信じてはいけません」

扉の向こう側で、その人物はそう警告して足早に去った。

わたしが不可解な思いでいると、さらに廊下を何者かがやってきた。

どうやら、いま警告をしてくれた人物は、近寄ってくる足音を聞いて逃げ去ったようだ。扉が叩かれた。

「どなたさま？」

「……秋月さん、すこしお話があります。入ってよろしいですか？」

今度の声は、男であった。扉に鍵《かぎ》はかかっていない。わたしは、寝台に腰かけて、

「どうぞ」

「失礼する」

入ってきたのは、若い男だ。洋装で、黒い上着を着こなしている。その顔を見て、戦《せん》慄《りつ》が走った。それは、この館に入るときに目撃した、絵の縊《くび》れた男の顔だったのだ。

わたしは、悲鳴をあげそうになってこらえた。

相手の男は、こちらの様子には頓着《とんちゃく》せず、

「はじめまして。わたしは、上条《かみじょう》といいます」

「……秋月です」

わたしは、相手をうかがいながら応じた。男は感情を表に出さない性格なのか、何を考えているか知れない。無名の画家である久住正隆によって描かれ、凡庸な海の風景画の下に封ぜられた、縊れた男。その男とうり二つの顔をした男が、今、わたしの対面にいる。それは不思議な運命を感じさせた。

「いきなりで失礼かと思いましたが、どうしても確認しておきたいことがあってやってきました。あなたは、秋月和臣氏の血縁者なのですよね？」

「秋月和臣は、わたしの父です」

「なるほど。氷神が、名残の会に属する資格を有していると、そう結論づけたのもうなずける」

「話がさっぱりわからない」

　わたしは、上条が話す内容が、いまひとつぴんと来なかった。名残の会に属する資格？　わたしは、その会に入れられようとしているのだろうか？

「わたしは、母に命ぜられ、絵を運んできたのにすぎない」

「そうであっても、ここへ来てしまった。あなたに他意が無くとも、他の人々はそんなふうに考えないでしょう。特に、氷神は因縁話に取り憑《つ》かれた男だから」

　さらりと、上条は看過できぬことを云った。

「他の人がどう考えようとも、わたしには関係がない話だ。わたしは、絵を運んできて、ちょっと具合を悪くして泊めてもらうことになったにすぎない」

「何度も云わせないでください。他の人はそう考えないんですよ。あなたはやってきた。氷神がそのように仕組んだかも知れない。あるいは、仕組んだのは別の者かもしれない。それは、問題じゃないんだ。秋月という名で、この場にあらわれた。それが、この場所では重要なんですよ」

「あなたの云っていることはさっぱりだ。わかるように説明してくれませんか」

「今夜、名残の会の会合があります。そこで、話を聞けば、あなたもわかるでしょう」

　上条は、そうして話を一方的に打ち切った。

「待ってください、あなたは、あなたは久住正隆と――」

　わたしは、絵の作者と、上条の関係が気になった。どうして、絵とそっくりの男がこの場にいるのか確かめたいと思った。

だが、解かれぬ数々の疑問と同様に、その質問もまた回答を得られぬまま、謎《なぞ》めいて伏せられることになった。

「夕食の支度が整いました」

シズカが、戸口に立っていた。何事かを発しようとした上条は、その姿を見てよそよそしく部屋から出て行った。

その背を見送り、シズカは、

「食堂にお越し下さいませ」

「さほど食欲が……」

わたしは、そんなふうにいい訳をした。実際のところ、体は疲労から眠りを欲していて、食欲はこれっぽっちもなかった。見知らぬ人たちと、晩餐をともにするよりも、一晩ゆっくりと眠りたい。そうして、朝一番に、このわけのわからぬ場所を離れたい。そんな気持ちが強かった。

「食事を摂《と》られたほうがいいと思います。そうでなければ、体が回復しません」

「この部屋でいただくことはできませんか？」

わがままかもしれないと思いつつ、そう主張してみた。案の定シズカは否定的な態度で、

「申し訳ありませんが、こちらにお食事を運ぶ余裕がありません。用意はすべて、わたくしがしていますので、手が足りないのです。食堂に来ていただければ幸いです」

「わかりました」

生来、押しに弱い性格のわたしは、頑強に嫌だと主張するのが躊躇われて応諾した。

「では、ご案内します」

「あの、何人が一緒になるんでしょうか。つまり、夕食に」

部屋から出て歩き出したシズカの背に、わたしは聞いた。

「名残の会は、現在六人で構成されています。秋月さまを入れて、七人になるでしょうか」

「七人で食事するわけですね」

勝手に勘定に入れられたことに関しては、もはや腹も立たなかった。どうも、ここにいる人間は誰もかれも秘密めかして、真実を打ち明けず、物事を勝手に推し進めるのが好きなようだ。

「はい、夕食が終わったら、会合に出席していただきます」

「断ることは出来ませんか？」

一応、そのように聞いてみた。

「秋月さまは、絵を運んで来られました。その絵を買い取る条件として、直系の方がいらっしゃる。それは会合に出ることと同義だと、主は申しております」

「ずいぶんな拡大解釈だ」

皮肉は通じないと知りつつも、わたしはそんなふうに云ってみた。

「出れば、おわかりになります」

「わたしではなく、秋月の他の者が来ていたら、やはり同じ扱いをされたんですか？」

「いいえ、あなた様でなければならないと、主は云っていました」

「なぜ？」

「わたくしにはわかりかねます」

やはり、シズカに質問しても肝心なところは不明のようだ。わたしはシズカに導かれ、与えられた客室——館の右翼二階端の角部屋だ——から、廊下を進み、中央の階段を下りて、一階左翼の廊下へ向かった。その廊下の中頃の部屋の前で、シズカは足を止めた。

「こちらが食堂となります。秋月さま——」

シズカは、そう云ってはじめて人形めいた顔に感情をあらわした。

これから何かがはじまる、
そんな漠然とした予兆とともに、色のない唇に笑みを浮かべたのだ。

「——饗宴《きょうえん》をお楽しみ下さいませ」

食堂の扉が開かれた。

室内は暗かった。

そのあまりの闇《やみ》の濃さに、灯りが消えているのかと疑った。目が慣れると、徐々に室内の様子がわかってきた。長い食卓に、六人の男女の姿があった。光源が食卓の上に載った旧《ふる》い洋燈《ランプ》だけなので、その顔は影になっている。かろうじて、一番奥で車椅子《いす》に座っている人物が、氷神公一だとわかる程度だ。

わたしは、立ちつくしているわけにもいかず、室内へ踏み込んだ。

「こちらへ、どうぞ」

一番手前側に座った人物がそう誘った。わたしは、その声に憶《おぼ》えがあったから、うなずいてそこへ腰かけた。すると、奥でひとり窓の外を見ていた氷神公一が、深く息を吐いた。

「そろったようだ。まるで何者かのはかりごとのように、我らはまた集った。因果なものだとは思うが、それもまた仕方ないことだ」

そうつぶやいて、手元で燐寸《マッチ》を擦った。そうして、点《つ》いた火ごと西洋茶碗《ぢゃわん》の中へ落とし込んだ。彼は西洋茶碗を捧《ささ》げた。淡い光が、壁の一角を照らし出す。

「見たまえ」

氷神公一が照らした先を見て、わたしは思わず息を呑《の》んだ。そこには一枚の写真が額に納まって飾られていた。

暗くて見づらいが、写真には七人の人物が写っている。性別にも年齢にも共通点がない集団。わたしは恐ろしさに震えた。やはりこれは、仕掛けられた罠《わな》か。それとも、老人の戯《ざ》れごとなのか。

写真の人物の一人は、わたしだったのだ。

# 五章　縊《くび》れた男

わたしは気がついていた。写真には、わたしとそっくりな顔の男とともに、先ほど客室でまみえた上条の顔もあった。つまりは、そういうことなのだ。

あの写真に写っているのは、父にちがいない。母や親類縁者から、わたしは若い頃の父と似ていると、そんなふうに云《い》われたことがある。わたし自身は、親子なのだから、似ているのはあたりまえだと、そんな程度にしか考えていなかった。

父は病によって面変わりしたのだろう。写真の中の父は、まだ生気に満ちて溌剌《はつらつ》としていた。わたしの知る父は、すっかり弱くなり痩《や》せた人であったし、若い頃の写真など見たこともなかったから、にわかに信じがたい気にもさせられた。

それにしても、おそろしいほどよく似ている。鏡を見ているようだ。写真の上条も本人ではなく、父親なのだろう。食堂にいる他の面々も、写真に写っている人物達とそっくりなのではないか。

シズカが初対面にもかかわらず、わたしに見当をつけることができたのも当たり前だ。

彼女は食堂に飾られたこの写真を見ていたのだろう。

写真に写った面々で、ゆいいつの例外が、氷神公一だ。彼だけは、年齢から考慮して本人にちがいなかった。くらい笑みを浮かべる中年男がそれだ。

名残の会とは、この写真の人々の集いなのだ。

そこでもうひとつ気がついた。縊れた男の正体だ。あの絵に描かれた男は、上条の父ではないのか。あまりに似ているので、あれは本人ではないかとさえ思ったが、血縁者ならうなずける話だ。

久住正隆は、上条の父を描き、それを封じてわたしの父へ渡した。それはいったい何を意味するのか。この集いと、写真の人々のつながりがわかると、あらたな疑問が頭をもたげてきた。

いいしれぬ恐怖を感じる。

はじまった夕食は、会話もなく、ただ運ばれてくる料理を口に運ぶだけだ。シズカが運んでくる皿は、いずれも凝った西洋料理であるらしかったが、わたしには何を食べているのかさっぱりわからなかった。

「どうぞ」

シズカが、杯に葡萄酒《ぶどうしゅ》らしい液体を注いだ。酒はそれほど好きではない。強くないし、味の良《よ》し悪《あ》しがわかるほど飲み慣れていない。だが、今夜は無性に酒が欲しい気分であった。灯りが暗いせいか、透明なぎやまんの中で、葡萄酒は黒々として見えた。

わたしは、杯に口をつけた。どろりとした液体が、喉《のど》を通っていく。酒精の刺激が熱く内臓に染《し》みた。美味《うま》かった。ひどく甘く感じて、それまで異様な状況に辟易《へきえき》して、昂《たか》ぶっていた神経が休まるようだ。

ひといきに飲み干すと、シズカが間をおかず杯を葡萄酒で満たした。わたしはそれも半分ほど飲んだ。酒精のおかげか、いくらか気分がほぐれてきた。料理の味もわかるようになる。今、目の前に出されているのは燻蒸《くんじょう》された牛肉だ。温度に注意して、じっくりと熱を加えられた肉は、脂と肉汁を浮き上がらせて、てらてらと光っていた。馬鈴薯《ばれいしょ》と一緒に口に運ぶと、旨味《うまみ》が口に広がる。洋食は食べ慣れなかったけれど、ようやく食事を楽しむ気になってきた。

「お酒に強いのですね」

隣から声があった。わたしは、話しかけられたと気がつくまで時間を要した。

「いえ、普段は飲まないのですが……」

そう応じながら、隣に座った人物をそれとなく注視した。女性だ。年齢は正確にはわからないが、物腰からして、二十代の後半から三十代くらいだろうか。髪は洋装に合うように束髪で、夜会結びにして高くまとめられている。きっと洗い髪なら黒髪が美しく映えただろう。身につけている黒い貴婦人風の装《よそお》いは、首元まできっちりと覆《おお》われていて、隙《すき》というものがなかった。漆黒の彼女は、胸元に一点だけ白い象牙《ぞうげ》の飾り物をつけている。西洋の女性が彫刻された品だ。総じて、現在の我が国では入手しがたい品ばかりだ。金満家の子女か、やんごとなき身分の人間であるとうかがえた。

わたしは、声からして、この女性が客室の前で警告してくれたのだと確信していた。ここから逃げるのです。彼女はそう云っていた。誰も信じてはいけません、とも。あれはどういう意味なのだろうか。気にはなったが、ここで質問するわけにもいかない。人目を忍んでの警告だったのだから、素知らぬ顔をしているほうが相手にとっても都合が良かろうと考えた。

壁にかかった写真を、それとなく見る。

わたしの考えが正しければ、写真に写っている面々と、同じ顔ぶれがここに集っているはずだ。隣の女性に該当する人物は――

写っていた。わたしの父の左隣にいる女性だ。黒い着物姿で、麗《うるわ》しい容姿だけれど、どこか悲しげで、視線をそらしていた。

この女性も、父と関係があるのだろうか。

夕食の席は、無言で進んだ。

異様であったけれど、慣れと酒精で、わたしは皿をすっかり空にした。あらかたの食事が終わり、シズカが食卓を片づけてしまうと、氷神公一の隣に座っていた男が、おもむろに口を開いた。

「御大、本当に、この若造を会に入れるつもりなのか？」

男は、頬から下が銀色の髭《ひげ》で覆われていた。渋い声といい、きっと男ぶりもいいのだろう。わたしは、また壁の写真を見た。端にいて、眼光鋭くこちらを睨《にら》んでいる男。同じように髭を生やしているのは、はたして偶然の一致か、それとも倣《なら》っているのか。

「気が早いな、角竹《かくたけ》。まだ食事が終わったばかりだ」

「飯など、どうでもいい」

短気らしく、勢い込んだ角竹を、氷神公一は面白げに見つめた。

「いやはや、血とは不思議だ。お前の父、十郎も血気盛んで、手を焼いたものだよ」

「黴《かび》の生えた昔話が聞きたいわけではない」

「その黴の生えた昔話に飛びついているのは、どこの誰かね？」

老主人にそう云われ、角竹は黙り込んだ。

「まあいい。秋月の血縁者がやってきているのだ。これは会が定めたこと。我らは、名残によって集い、名残によって資格を得る」

「名残だね？」

「それが名残の会なんだね？」

くすくすと、嗤《わら》う声があった。席上でもっとも小柄で、年少であると思われる人物達だ。若い女性の二人組で、同じ真紅の礼装を身にまとっている。衣装は腰あての部分が大きく膨らんでいて、胸元が開いている。よく作り込まれた西洋人形のように華やかで、毒々しかった。

わたしは写真を見た。該当するのは、端っこで笑みを浮かべている二人の少女だろうか。そっくりの顔をしているから、双子の姉妹かもしれない。

「司月《しづき》の姉妹、雪華《せっか》と氷華《ひょうか》は異論があるかね？」

氷神公一が問うと、司月の姉妹と呼ばれた二人は首を横にふった。その動きがよく訓練されたように同調していて不気味だ。

「お友だちだよ」

「お友だちなんだよね、反対しないよ」

そう云って嗤った。氷神公一は、その答えに満足そうにうなずいた。

「上条はどうかね？」

そう問われて、縊れた男の血縁者はゆっくりと首を縦にふった。

「では――」

氷神公一は、わたしの隣の女性へと視線を向けた。

「久住はどうかね？」

そのひとことに、酒精で和らいでいた神経が再び緊張した。久住？　久住というと、久住正隆の関係者だろうか。あの縊れた男を描いた、無名の画家の——

久住と呼ばれた女性は、心ここに在らずといった様子だ。呼びかけられたことにも気がつかず、食卓の上で両手を握りしめている。それは、祈りにも似ていた。

「久住さま、久住優美香《ゆみか》さま」

シズカが、小声で呼びかけた。それでようやく、久住は我に返ったようだ。周囲を見て、自分に注目が集まっているのを自覚する。

「わたしは——」

「異論はないかね。秋月が、この場に加わることに」

「——ええ、ありません」

一瞬だけ、久住はわたしを見た。洋燈《ランプ》の灯りの妙が、その横顔を照らして見せていた。写真とそっくりの麗しい顔だ。憂慮に潤《うる》んだ瞳《ひとみ》も、時を越えてそのままであった。

「ならば、もう問うことは無駄であろうよ。そうではないかね、角竹」

「仕方ありませんな」

角竹は、憮然《ぶぜん》として応じた。

「あの写真のとおり、これは定められていた。我らは再び集まり、名残の会を催すのだ。久住正隆が望んだようにな」

氷神公一は、そう云って写真を見た。老人の目は、遠い過去、過ぎ去りし日々、そして忘れ得ぬ何かを想《おも》っていた。

それは妄執だった。

「いったい何を……」

ひとり、理解の出来ぬわたしは、取り残された気分で疑問を口にした。

「絵だよ」

氷神公一は宣言した。

「久住正隆の絵が、それを示してくれる。さあ、確認しようではないか。我らはそのために集ったのだし、君はそのために来たのだ。絵を――」

主《あるじ》の求めに応じて、シズカが絵を運んできた。梱包《こんぽう》を解き、それを食堂の中央でかかげ、一同に見せた。

奇妙なざわめきがあった。

それぞれの心の動きが空気に伝わって震えていた。

一同の視線を受ける、縊れた男の絵は、洋燈の灯りを受けて不気味に映えた。

角竹は立ち上がり、熱を帯びた視線を絵に注ぐ。

司月の姉妹は、うっすらと笑みを浮かべる。

久住は少しだけ見て、顔をそむけた。

わたしは、悪趣味と自覚しながらも、上条の反応が知りたかった。彼は、自分とそっくりの男が縊れている絵を見て、どういう反応を示すだろうか。つい、視線がそちらへ向かった。薄闇《うすやみ》の中で、上条の表情をうかがおうとしたとき——

「もういい」

氷神公一が、右手を挙げて云った。命ぜられるまま、シズカが絵をおろした。

老人は車椅子《いす》の背にもたれ、目頭を押さえた。全員が押し黙った。わたしは、上条を見た。彼は灯りから逃れ、独りで闇に沈んでいる。何を思うのか、おしはかるのは不可能だった。

「そうか……」

氷神公一は、口の中で何事かつぶやいていた。シズカを手招きし、車椅子で窓辺まで移動した。老人の呼吸は荒く、喘息《ぜんそく》患者のように不規則に乱れている。縊れた男の絵は、氷神公一をひどく興奮させているようだ。

「御大よ、その絵は……」

我慢できぬといった様子で、角竹が問いかけた。

「もういい……」

「何が良いと云うんだ。その絵のどこに秘密がある？　遺産の在りかは示されているのか？　はっきりしてくれ」

角竹が放った言葉が、わたしの頭の中で反響した。

絵の秘密？　遺産の在りか？

すべてが、おぼろげではあるがわかった気がした。名残の会。無名の画家である久住正隆の絵を収集している集団。年齢や性別に共通点がない、ただ一枚の写真によってのみ繋《つな》がれている人々。

その目的。

「今宵《こよい》は疲れた」

氷神公一は、答えなかった。角竹は、納得せずに老人へと詰め寄った。

「御大、聞かせてくれ」

「角竹さま」

シズカが、角竹の前に立ちはだかった。——きっと角竹は小間使いの女を蹴《け》倒《たお》して、老人へ詰め寄るものと、その場の誰もが思った——

「主はもう休まれます。ご用件はまた明日以降にお願いいたします」

怜悧《れいり》な瞳が、男を見つめていた。洋燈の光を映し、血のように赤く燃えている。角竹は一歩下がり、それからはたと周囲を見回して、己の失態を自覚した。

「よかろう。明日にしよう」

とり繕って、角竹は退いた。

「では、諸君、会合は終わりだ」

氷神公一の言葉で、場は解散となった。

主とシズカが去ると、角竹も憮然として、食堂から出て行った。それを見て、司月の姉妹がくすくす嗤う。ささやき合いながら、彼女たちも去った。

残されたのは、上条と久住、それからわたしだ。

わたしは、雰囲気に気圧《けお》されてその場へ留まっていた。自ら動くことで、誰かの注目を浴びたくなかった。そうするのは非常に危険であるように思われたのだ。

上条はじっと闇に沈んで何事かを思い耽《ふけ》っている。久住は、絵から顔をそらしたまま、沈黙していた。

そのままじっとしているのも耐えられなくなった。わたしは、客室へ帰ろうと立ち上がりかけた。

雷光が窓辺を眩《まばゆ》く照らした。遅れた雷鳴が地を揺すり、館《やかた》全体を軋《きし》ませる。

上条が立ち上がった。そうして誰にともなくつぶやいた。

「二年前もこうだった。新参者がやってきて、欲を見せた……」

上条の言葉に、びくりと久住が反応した。

「しかし、権利無きものに、遺産は継がれるべきではない。あの絵がそれを示している」

「どういうことですか?」

わたしは、反射的にそう尋ねていた。

「先人の遺産を手にするには資格がいるという話だ。そして、資格を有するのはわたしだと、あれは示したのだ」

「わかりません……」

あの縊れた男の絵が、どんな資格を上条に与えるというのだろうか。わたしには理解しかねた。

「決定されている。そうだ、わたしだ、わたしだ、わたしなのだ――」

熱に浮かされ、何かに憑《つ》かれたように上条はくり返した。そうして、足早になって食堂を出ていく。すれ違いざまに、

「わたしはゆるされたのだ――」

雷鳴が尾を引いていた。

食堂には、わたしと久住だけが取り残された。

もうそこにいる理由はないと感じ、わたしも出ていこうとした。すると、女の両手がのびてきて、わたしの右手をつかんだ。包み込むようにして、

「どうして、逃げなかったのですか?」

「わたしは……」

機会を逸してしまったのだと説明して、この女性は納得してくれるだろうか。少なく

ともわたしは、彼女の非難に答える言葉を持たなかった。

「いるべきではないのです。あなたは、あなたは――」

久住の手は温かかった。その温《ぬく》もりは、彼女の善意を疑わせなかった。この奇怪な館で、不可思議な観念に憑かれた人々のなかにあって、この女性の良心だけは信じられるように思われた。

「でも、もう遅い。いいえ、すでに取り決められたものに抗《あらが》っても仕方ないかもしれない」

「もし、逃げた方がいいのであれば、わたしは今からでもこの館を出ていきましょう。ただ、そうするなら、あなたも一緒に行きませんか。居留地の外までお送りできると思うのですが」

そう申し出てみたが、久住は首をふった。

「わたしは、そのつもりはありません」

「どうして」

わたしの疑問に、久住は顔を上げた。

「目的があるからです」

そうして、久住も足早に食堂を出て行った。

残されたのは、わたし一人だ。

名残の会の面々が去り、がらんとして闇だけが濃い食堂で、一人になったわたしは夢幻のごとく去った饗宴《きょうえん》を噛《か》みしめていた。

少しだけわかったことがある。この館に集う、名残の会という人々は、久住正隆の絵から何かを得ようとしている。角竹が放った言葉から、それが遺産であろうということは察しがつくが、現実的な意味なのかは判断がつかない。

名残の会は、食堂の壁にかけられた写真に集う人々の血縁者で構成されているらしい。写真に写った人々と、現在の我々がそっくりなのは血の為《な》せる業なのか。とにかく、氷神公一以外の人物は、そうした繋がりであるのは間違いない。

わたしは、妙な思惑の中へ落とし込まれてしまったようだ。久住の助言どおり、あるいは逃げるべきなのかもしれない。もう、母の用件は済んでしまっているのだ。このまま、どこかへ消えてしまったとしても、誰も気に留めないのではないか。

いや、氷神公一がそれはゆるさないだろう。あの老人が、どうしてそこまで秋月の血にこだわるのかはわからない――わたしと父の若い頃の容姿がそっくりだからだろうか――が、逃げればどこまでも追われるような気がしてならなかった。

いずれにせよ、それ以上は考えてもらちがあかない。もう客室へ帰って休むべきだ。そうして一夜明ければ、館の妖《あや》しさも朝露とともに消えてしまうだろう。

わたしは、朝日を浴びながら、この館を出て、平凡な日常へと帰っていくのだ。

食堂を出て、わたしはそうした凡庸な未来予想を疑わなかった。

客室に戻り、扉を閉ざして厳重に鍵《かぎ》を閉めると、後は用意された寝床へもぐり込んだ。

夜が明ければ、すべてが終わっている。

だが、そうはならなかった。

夜は明けず、謎《なぞ》は混迷を深める。

わたしも囚《とら》われてしまっていたのだ。

# 六章　縊死《いし》の秘密

時計の針が十一時を指したとき、それは起こった。

わたしは寝台で眠りを貪《むさぼ》っていた。心地良い眠りは、鈍く大きな物音によって中断された。普段、寝起きの良い方ではないから、寝床から出るのがおっくうに感じられて、ぼんやりしていた。

廊下を誰かが歩いていく。物音を聞いて、確かめにいくのだろう。わたしは、天井を見つめたまま、そんなことを考えていた。

悲鳴が上がった。

さすがに、わたしは飛び起きた。すでに安穏とした空気は去っていた。針を刺すような、緊張が空気に満ちている。着の身着のまま、扉の鍵《かぎ》をはずして廊下に出る。中央階段の前で、走ってきた人影とぶつかった。

人影の方は、華奢《きゃしゃ》で小柄だ。廊下に転がってしまった。わたしは心配した。

それは久住で、彼女は尻餅《しりもち》をついていた。手を差し出すと、彼女は、手を握って立ち上がる。羽織っていた上掛けが乱れて、肌が垣間見《かいまみ》えた。わたしは視線をそらした。

「大丈夫ですか？」

「ええ、なんともありません」

「すみませんでした、不注意で」

「いえ、こちらもよく見ていませんでしたし、走っていたのはわたしのほうですから」

そんな気詰まりなやり取りをして、はたと気がついた。

それより、確かめなければならないことがあるではないか。

久住の方も、我に返った様子だ。

そこには、すでに名残の会の面々が集っていた。

司月の姉妹が、怯《おび》えたように体を寄せ合っている。

角竹が、険しい表情でうなり声を発した。

久住が息を呑《の》んだ。

「なんということだ……」

氷神公一がうめいた。老人は、葡萄《ぶどう》色の長衣を身にまとい、車椅子《いす》から階上を見つめている。寄り添うシズカの顔には、何の表情もあらわれていない。

わたしは、皆の視線が集まる方を見た。

吹き抜けになった中央広間の二階手すりに縄が結ばれている。その縄は一階へ向かって垂れ下がり、中空に一人の男を吊《つ》り下げていた。

上条が、死んでいる。

首がおかしなふうに曲がっていた。縊《くび》れた際の余韻で、まだ振り子のように揺れている。体からはすっかり力が失われて、もう手遅れであるのは誰の目にもあきらかだ。

縊れた男。

わたしは、その歪《いびつ》な死に顔が、久住正隆によって描かれた絵とそっくりそのままであるのが不気味でならなかった。もしかすると、無名の画家は、この凄惨《せいさん》な未来を予想してあんな絵を描いたのではないか。そんな想像すらともなって怖《お》じ気《け》をそそった。

遠く、雷鳴が聞こえた。

縊れた男を見つめる人々は、どの顔も感情を失っていた。いや、そうではない。一人だけ、普段とは違っている人物がいる。

シズカだ。彼女の人形めいた無表情は、微笑に置き換わっていた。まるで常軌を逸している。死体を見て、どうしてそんな表情をするのか、さっぱり見当がつかない。異人の血とは冷血なのか。疑いとともに彼女を見つめていると、

「はじまったのでございますね……」

つぶやきが、その色のない唇から漏れた。ざわりと、背筋があわ立った。どうかしていると、思った。ゆるゆると首をふり、そうして現実的な思考へと自分を戻そうと試み

る。

「通報しましょう」

そう呼びかけたが、反応は鈍かった。司月の姉妹も、角竹も、久住も、誰も動こうとしない。わたしは氷神公一を見た。老人はまだ揺れる縊れた男へ視線を注いでいる。

「急いだ方が良い」

「無意味だ……」

ようやく声を発した老人に、わたしは苛立《いらだ》ちを感じた。

「なぜですか？」

「忘れているのかね？　外縁に位置するとはいえ、ここは居留地だ。領事裁判権が認められ、すべては領事の裁量に委《ゆだ》ねられているのだよ」

「それにしたって、人が死んだのですよ。外国の人にしてみても一大事でしょう」

「この場所では、さして珍しいことではない」

氷神公一の言葉に、わたしは啞然《あぜん》とした。

「放っておけと、そう云《い》うのですか？」

「君が考えるようなことは無意味であると、そう云ったまでだ。我々の常識が、異人にとっても常識とは限らぬからな」

「しかし――」

わたしは納得できなかった。できるはずなどない。今、目の前に死体が吊り下がる状況で、この事態を放置するなどというのは無理な話だ。

「君は、いったいどこへ通報しようというのかね？」

「ここで領事が力を持っているのなら、その人のところへ報《しら》せるべきでしょう。その人がしかるべき対応をしてくれるはずだ」

「治外法権の地では、わしらのほうが異人なのだよ。領事が、その異人の生死に関して、便宜をはかるとは思えぬ。すべては、ここにいる者の手で解決しなければならないのだ」

氷神公一の言葉にわたしは絶句した。それでは無法の場所と同じではないか。緊急の事態が生じたとき、いったいどうするつもりなのか。

わたしは中央広間にある玄関扉を見た。そうして、二階から螺《ら》旋《せん》階段を一気に下ると、そちらへ向かって猛然と歩み出した。

「どこへ行こうというのか」

「決まっています。直接、警察へ行きます」

わたしは広間を横切ると、扉の前に立った。

「警察か」

「止めても無駄ですよ」

玄関扉に手をかけ、押し開く。扉の隙間《すきま》から、生温かい風が吹き込んできた。

「外は嵐《あらし》でございます――」

シズカの声が、背後から聞こえる。

「――逃れられるものではありません」

扉が開かれた。

わたしは呆然《ぼうぜん》と、シズカの言葉の正しさを知った。

吊り橋は落ちていた。

外界と、この名残館を結ぶゆいいつの架け橋は断ち切られてしまっていたのだ。

吹きすさぶ雨風の中、わたしはそれでも、かつて吊り橋のあった場所まで歩いた。頑強な鉄線は尽《ことごと》く切れている。対岸の支柱に、無惨《むざん》な残骸《ざんがい》が垂れ下がっていた。

「なんてことだ……」

力が抜け、地面に膝《ひざ》をついた。もう数歩先は、目も眩《くら》むような高さの断崖《だんがい》だ。下は複雑に隆起した岩礁《がんしょう》で、落ちたらまず助からない。安全に降りていくことも無理だろう。道は完全に絶たれているのだ。

「どうしてこんな」

「意図は明白でございましょう」

いつの間にか、シズカが隣に立っていた。彼女は、切れた鉄線のひとつを持ち上げて、たんねんに見ていた。

「意図ですって？　これは何者かの……」

「こちらをご覧下さいませ。この鉄線は吊り橋を支えるのに十分な強度と、耐久性がございます。そう簡単に切れるものではありません。切断面は滑らかで、決して、強風で千切れたわけではないことを裏づけています。これは工具によって切断されたのです」

「誰かが切った？」

「はい。そして、その人物は館の中にいます」

シズカの確信めいた言葉に、わたしは戦慄《わなな》いた。空は暗く濁り、ときおり雷光を走らせている。ずぶ濡《ぬ》れになりながら、わたしは彼女に聞いた。

「どうして、そんなことが云えるんですか？」

「吊り橋を落とした者が、外へ向かって逃亡したと考えると、つじつまが合わないからです。もしも、そうであったなら、吊り橋は本土側で切られていなければおかしいのです。ですが、実際はそうではない。吊り橋は、館のあるこちら側で切断されています。そうした場合、切断をした人物は橋を渡って逃れることはできません」

色のない、冷たい唇が宣告した。

「犯人は、館の中にいます」

「犯人……誰かがそうしたと、上条さんをあんなふうにして、それで、わたしたちを出られないようにして、……どうしてです？」

「外部に通報されないようにするためでございましょう。あるいは――」

雷光が、いっそう強く世界を照らした。

「――我々を逃さないように」

絶望的な宣告であった。

何者かが意図し、我々を閉じ込めたのだとシズカは指摘した。そして、それはまったく正しく、つけいる隙がない。外部への連絡手段はなく、外界へと逃れるための手段も断たれた。

孤立無援の状態で、わたしたちは名残館に囚われたのだ。

# 七章　閉じた環《わ》の中で

　わたしは館《やかた》の中へ引き返した。玄関扉が重々しく閉じられると、嵐《あらし》の喧騒《けんそう》は遠ざかる。館内で、名残の会の面々は、暗い顔をして待ちかまえていた。

「橋は落ちておりました」

　シズカが報告したが反応するものはなかった。

「下ろしてあげましょう」

　わたしは、広間の中央に立って、二階の手すりから吊《つ》られている上条を見上げた。死体はまだ手つかずの状態だ。

「警察は、来ません」

「角竹よ、下ろしてやるのだ」

　氷神公一が、銀髭《ひげ》の男に命じた。角竹は不満そうな顔をしたが、それでも重い腰を上げて、吊られている上条の足下まで行った。

「おい、そこの小間使い。上へ行って、手すりの縄をほどくんだ」

角竹に云《い》われ、シズカは階段を上がっていった。角竹は頑強な体つきだけれど、脱力した成人男性の体をひとりで支えるのは厳しいだろう。そう判断して、わたしも手伝う。頭上で揺れている上条の足を持ったとき、死肉のなんとも嫌な感触に肌があわ立った。階上で縄が解かれると、その上条の体が床に向かって落ちかける。それを角竹とふたりで支えて下ろした。

「ふん、首の骨が折れていやがる」

角竹は、吐き捨てるように云った。

「自分で、自分の首をへし折るとはな」

「角竹さんは、これは自殺だと云うのですか?」

わたしは、呆然《ぼうぜん》とした。先ほどまで殺人だと思い込んでいたが、そうではない可能性を指摘されて困惑した。

「当たり前だろう。首吊りは、自殺の常套《じょうとう》手段だ。窒息は苦しみも大きく、死に様もむごいっていうのに、手軽だから実行するやつが後を絶たない。まったく、迷惑な話だ」

「これが自殺……」

そうだとするなら、吊り橋の件はどうなるだろうか。もしかすると、吊り橋が落ちたことと、上条の死とは何の関係もないのかもしれない。まったく偶然に、二つの出来事が重なり、それを不用意に結びつけてしまっただけなのか。

そうだ、きっとそうにちがいない――

「――いいえ、その可能性はございません」

螺旋《らせん》階段をシズカが下りてきた。

「どういう意味だ？　これが自殺でなくて、なんだというのだ」

角竹の言葉に、シズカは相変わらずの無表情で、

「靴でございます」

「靴だと？」

角竹は、上条の足を確認した。右足の片方だけ靴を履いている。左足は靴下だけで、靴は履いていなかった。広間の周囲を見回すと、端のあたりにもう片方が落ちていた。

上条は、靴を履いたまま首を吊り、片方の靴は吊り下がった衝撃か、もがいた拍子に脱げて一階の広間へ落ちたのだ。

「これが自殺なら、靴は両方脱いでおくでしょう」

「発作的に自殺を思いついたかもしれん。それなら、靴を履いたまま首を吊ったとしても、さほど不思議じゃあるまい」

「二階の縄は、手すりにきつく結ばれていました。これは、強固な意思のあらわれです。発作的な意思にはそぐわないものです」

「思いつきを、強行したとしてもおかしくはないぞ」

「さらに、縄の長さが問題となります。縄はちょうど良く、二階の手すりから、一階の広間の床に届かない長さになっています。縄の調達先は、きっと館内の物置部屋でしょう。あそこには色々と、庭の手入れ道具や、館の修繕に使用するものがそろっています。縄もございますので、そこから必要な長さを調達したのでしょう」

「だからなんだ？　ちょうどいい長さの縄を見繕ってきたとして、それが自殺を否定する材料になるのか？」

「なります。縄は、吊られる人物の身長を考慮して、足が決して着かない長さ、二階の手すりから、じゅうぶんに距離が離れる長さでなければいけません。縄が長いと、床に足が着いてしまい、短いと、二階の手すりにはい上がることが可能になってしまうからです。このことから、縄を調達した人物は、適切な縄の長さを知っていた。そして、縄のちょうど良い長さを知るためには、予行演習を行わなければならないのです。発作的な自殺ではありえません」

「その場で縄の長さくらい調節できるだろう。吊り輪のところで、結び目を調節するんだ」

「そんな痕跡《こんせき》はありません。縄は絶妙な長さで切断されています。縄自体をその場で加工したような痕跡もありませんでした。これは、この場所で使用するために、あらかじめ用意された品です。上条さまを葬《ほうむ》るために――」

シズカの言葉に、角竹の反論はなかった。彼も認めたのだ。これが何者かの意思によるものだと。脱げた靴と、用意された縄がそれを証明した。

「殺された、と？」

氷神公一がそう云った。シズカはかしこまってうなずいた。

「落下式の絞首でございます。犯人は、二階の手すりにあらかじめ縄を結んでおき、その先端に輪をつくっておいた。そうして、上条さまを手すりのところまでおびき寄せ、隙《すき》を見てその首に輪を引っかける。それから、上条さまを二階から突き落としたのでしょう」

ありありと、シズカの語った光景が幻視された。

二階の手すり前に立つ上条。油断してあさっての方向を見る上条の首に、何者かが縄の輪をかける。声をあげる間もなく、上条は突き飛ばされ、均衡を失って落下していくのだ。

「……誰がそうしたのかね？」

老人の問いかけは、さらなる緊張と恐怖をもたらした。互いが視線を交錯させ、疑いをそれぞれに向けていた。シズカだけが超然としていた。彼女は、

「断定できる材料はまだございません」

「男じゃないか？」

角竹が、機先を制するように主張した。「上条は、平均的な体格で、身長も並と云ったところだ。背後から近づいて、縄を首にかけるぐらい誰でも出来るだろうが、二階から突き飛ばして落とすには力と体重が必要だろう。女には無理だ。俺は、物音に気がついてここへ駆けつけるまで、部屋から出ていないから、疑わしいのは一人だけだな」

疑惑は、いきなりわたしへ向けられた。あわてて反論を考える。一歩まちがうと、殺人犯人にされてしまう。心の動揺が思考を乱して、うまい言葉を見つけられないでいると、

「いいえ、そうとも云いきれません」

シズカが反論した。角竹は色をなして、

「なんだと、どうしてそう云える？」

「角竹さまも云われたように、背後から忍び寄って縄を首にかけるだけなら、女でも務まりましょう。そして、その背を押すくらいであれば、女の身でもじゅうぶんに可能であろうということです。秋月さま、こちらへいらっしゃって下さいませ」

シズカは、二階への螺旋階段を再び上っていく。わたしも導かれるまま続いた。

「ここでございます。この場所にお立ち下さいませ」

ちょうど、縄が結ばれていたあたりの手すりを指し示す。良い気分はしなかったが、そこに立った。吹き抜けの広間がよく見える。階下では、司月の姉妹と、角竹、氷神公

一がこちらを見上げ推移を見守っていた。

「この場所で、犯人は上条さまの背を押したのです。こういうふうに」

いきなり、背後に衝撃を受けた。わたしは、つんのめって手すりにつかまる。上半身が吹き抜けに投げ出され、階下の床が近くに見えた。

「ご協力ありがとうございます」

シズカの声とともに、腰のあたりがぐっと引っぱられた。そうすると、重心が螺旋階段のほうへ戻る。わたしは、倒れかかった上半身を起こして、二階の床に尻餅《しりもち》をついた。

「上条さまと、秋月さまは、体格的に同じくらいです。そして、わたくしと、久住さまは同じぐらいの体格。司月のお嬢様方は、少々軽いものと思われますが、お二人で協力すれば可能でございましょう」

「女性にも犯行は可能だということですね」

わたしは、立ち上がって冷や汗を拭《ぬぐ》った。実験とはいえ、あまり良い気分のするものではない。シズカはしれっとして、

「はい。男性を突き飛ばすというのは、体重の軽い女性には難しく思えるかもしれませんが、こういう均衡を崩しやすい場所では、さほど力のいることではないのです。わたくしは、かなり力を込めて、秋月さまを突き飛ばしましたが、もしかすると、犯人はちょっと肩を押した程度だったかもしれません」

「そうですね、場所を意識すると、自然と体はかたくなりますから。力や体重の差より、頃合いが重要でしょうね」

そう応じて、螺旋階段を下りた。角竹は、不承不承ながら納得した様子だ。

「だとするなら、いったいどいつの仕業だ？　まったく、迷惑もいいところだ。こんな場所で、何度も――」

角竹は、そう云いかけ、自らの失言に気がついた。息を呑《の》んで押し黙る。なんだろうか、過去にも同じような出来事があった口ぶりだ。

「以前に、何かあったのですか？」

「新入りよ、でしゃばるな」

角竹は、質問したわたしを睨《にら》みつけてきた。

「しかし、こんな事態です。思いあたるふしがあるなら、話していただかないと」

「お前に話して何になるというのだ？」

「我々はこの館に閉じ込められているんです。少なくとも、当面は脱出する算段がつかない。それなら、ここにいる我々だけで事態を打開する必要があるじゃありませんか」

「ここにいる我々だけで、か」

角竹は一同を見回して、皮肉げに口元を歪《ゆが》めた。どうも協力の意思は薄そうだ。そこで、わたしはふいに気がついた。

「この館にいるのは、我々だけでしょうか？」

「滞在されているお客様は、ここにいる方々だけでございます」

シズカが答えたが、わたしの興味は別のところにあった。

「誰か、怪しい人物が入り込んだ可能性はないでしょうか？」

「可能性はございますが――」

シズカは、主《あるじ》である氷神公一をうかがった。老人は、

「念のため、用心をしよう。シズカよ、館内を見て回ってくるのだ」

「承知いたしました」

シズカが一礼して、その場を去ろうとする。

「待ってください。女性一人だけでは危ないでしょう。わたしも行きますよ」

「一人でも問題はございませんが」

シズカの表情からは、わたしの申し出を迷惑だと思っているのか、そうでないのかはうかがい知れなかった。いずれにせよ、わたしは一人で行かせるべきではないと思った。

「正論だろう。角竹よ、お前も同行するのだ」

「まったく面倒だな」

角竹は、やはり不承不承といった態度で同行を了解した。それで、シズカと、わたし、角竹の三人で館内を回った。館の隅々までを探索するのは骨が折れたが、ひととおり館

内を巡った後、ひとつの結論は得られた。

「誰もいません。少なくとも、入り込んだ人間などは見つけられませんでした」

中央広間に戻り、シズカは主に報告した。

「熱い茶を淹《い》れてくれ。今宵《こよい》はもう、安逸に眠れはしまいよ」

氷神公一は、そうシズカに命じた。主の言葉に、シズカは深々と頭を下げて、厨房《ちゅうぼう》の方へと消えていった。

「ご苦労だがね、上条の遺体を、本人が使っていた客室へ運んでくれ。そこにそうして寝かせているのも、やはり気分の良いものではない」

老人は、応接室へ車椅子《いす》を軋《きし》らせて入っていった。わたしは、角竹と視線を合わせる。残された面々で、力仕事の出来るのはわたしたち二人だけだ。心中では勘弁して欲しいと思ったが、氷神公一の言葉どおり、床へ放り出しておくというわけにもいかないだろう。

角竹は、嫌な仕事はさっさと済ませようとばかりに、遺体の足の方を持った。わたしには、頭の方を持てということらしい。うんざりしていると、司月の姉妹のささやきが耳に入った。

「……二年前と」

「きっとそう……」

秘密めかしてささやきながら、司月の姉妹は応接室へ行ってしまった。

わたしと角竹は、遺体を持って上条の使っていた客室を目指す。上条に一階の客室がわりあてられていたのは不幸中の幸いだ。重い遺体を二階へ上げるなどという真似《まね》は避けたかった。

息を切らしながら運んでいると、床のちょっとした段差で足下がふらついた。よろけた拍子に、遺体の首が曲がって死に顔をのぞかせた。

「おい、しっかり持て」

角竹の叱咤《しった》が耳に痛い。なんとか持ち直すと、側にいた久住と視線が合った。彼女は、惨《むご》い死に顔を見てつぶやいた。

「これは罰よ……」

# 八章　偽る人たち

わたしたちは、上条の遺体を客室の寝台に寝かせ、上から白布をかけた。そうしてから、部屋を出て応接室へ向かった。半円形の卓を囲んで、名残の会の人々が座っていた。誰もが慎重に表情を消し、何も悟られまいと努めているようだ。

館内に入り込んだ人間がいないのは、一応確認している。ならば、この中に犯人がいる。上条を殺害した人物が――

「秋月さま、おかけ下さいませ」

シズカが入ってきた。命じられたとおり茶を淹《い》れるようだ。わたしは、入り口側の端の席に座った。遺体に触れたせいか、なんだか気分が悪い。胃の奥がむかむかして、とても何かを口にする気分ではなかった。

「すみませんが、わたしはいりません」

「お飲みになる方が、神経が落ち着きますよ」

シズカは、気にするふうもない。

「本当に、いりません。胃がむかむかして……」

「牛乳を加えた紅茶なら大丈夫でございましょう」

そう云《い》って、白茶《しらちゃ》の液体を西洋茶碗《ぢゃわん》に注いだ。目の前に出されたそれを、わたしは義務的に口にする。この小間使いは、とても高性能に出来ているらしく、おおよそ隙《すき》というものがない。気が利《き》いていて、腹立たしいほどだ。牛乳入りの紅茶は、ふわりと良い香りがして、優しく胃を落ち着けてくれた。わたしはそんな飲み物を飲んだことがなかったけれど、口当たりが良くて文句のつけようがなかった。

「荒れておるな……」

外の様子をうかがった氷神公一が、茶を口にして云った。確かに外は荒天の様子だ。雷鳴は絶えず、雨は槍《やり》のように打ちつけている。風が響き、窓が震えていた。

「どうするつもりだ？」

茶を啜《すす》った角竹が、そうして老主人の顔色をうかがった。皆が黙って答えを待った。

「あれは殺人。それは間違いないのだな？」

氷神公一の視線は、シズカへ向けられていた。彼女は、

「確かでございます」

「であれば、そうだな――」

窓へ視線を戻し、「――時を待とう」

「待つ？　どうして待つんですか？」

わたしは黙っていられず、そう口を挟んだ。

「ほう、ならば君はどうしろと云うのかね？」

「何か通報の手段を考えるんです。外部に報《しら》せる手だてがあるはずなんだ」

「そんなものはありはしない。それとも、君はあの断崖《だんがい》を越えて、向こう側へいく手段を持っているのかね？」

「……いえ、それは、ありませんが」

問われて、わたしは口ごもった。確かに、そんな手段があればとっくに実践している。この名残丘は、周到に隔絶されていて、いっさい外部へ救援を求めることができないようになっているのだ。

「ならば、待つしかあるまい。嵐《あらし》が去るのを」

「自ら行動すべきではありませんか？」

わたしは、重ねて聞いた。すると、氷神公一は岩のように固まっていた表情を崩した。奇異な観念に憑《つ》かれたように、腹の奥で嗤《わら》った。

「秋月の血か……」

「どういう意味ですか？」

わたしは、なぜ嗤われたのか気になった。老人が、わたしの問いかけに驚いたように見えたからだ。過去を想《おも》い、過去に現在を重ねる。氷神公一の行動が、すべてそう決定されるのであれば、現在のわたしを嗤う動機は、過去にあるのではないか。

「秋月が、同じ主張をしたからだ」

「父が？」

やはり、わたしの考えは合っていた。氷神公一は、父とわたしが偶然同じ主張をしたのが可笑《おか》しかったのだ。しかし――

「気になっていたのですが、わたしの父とはいったいどういう関係なのですか？」

「知りたいかね？　見当はついていると思うが」

そう云って、氷神公一は名残の会の面々を見た。

誰も口を開かなかった。

そうするのは禁忌だとでも云わんばかりだ。

「わかりません。わたしにはわからないことばかりだ」

「……そうだな、時はじゅうぶんにある。どうせ眠れはしないのだ。過去をすこしばかり語って聞かせるぐらいの余裕はあるだろう」

そうして老人は、手元の西洋茶碗を揺すった。中に入っている紅色の茶が、光の加減で赤く明滅する。彼は、その揺れる液体の変化を愉《たの》しみながら、頭の片隅に追いやられてしまった過去を掘り返しているようだった。

「君は、食堂の写真を見ただろう？」

　ようやくにして、氷神公一はそう聞いた。わたしはうなずいた。

「奇異に思っただろうな。あの写真は、我らの奇縁をよくあらわしている。角竹の子を見たとき、わしは驚いた。司月の姉妹がやってきたとき、その血の為《な》せる業に震えた。上条も、久住ですら蘇《よみがえ》っていた。そう、これはまさに蘇りだ。そうして、君がやってきた。行方をくらましていた秋月の血の末」

「あなたが、絵を買いたいと云ったからです」

「そうだ。絵が市場に出ないものか、わしは常に目を光らせていた。秋月が死に、その遺産として絵が出てきたときに、わしは疑わなかったよ。その血は、きっと継承されている。秋月がやってくるだろうということを」

　老人の淡々とした語りは、どこか異様さを帯びていた。血縁者であれば、容姿が似ようと考えるのはおかしくない。ただ、氷神公一は確信している。歪《いびつ》な論理を、まったく疑っていない。それが現実に叶《かな》っているという事実もまた、老人の語りの異様さをいっそう際立《きわだ》たせていた。

「――あの写真の集い、あれは、名残の会の前身だ」

　氷神公一は、揺すっていた西洋茶碗の液体を飲み干した。やはりそうなのかと、わたしもまた奇妙に納得した。父は、その会に属していた。

「わしらは、かつて大きな事業にかかわった仲間だった。君も知っているだろうが、秩《ちつ》禄《ろく》処分などの特権縮小によって、華族や士族は没落の一途を辿《たど》っておる。それを救済すべく巨大な投資を行い、かつての栄華を取り戻すことを目的としていた。士族、華族の中に有志を募り、集った面々がそれだ。写真には、司月や、久住といった年少者や女も混じっているが、彼女たちは仲間の娘や妻だ」

「では、名残の会とは――」

「かつてその事業にかかわったものたち、その親族による集いだ」

「どうして、それが今もあるんですか？　何を目的として？」

「久住正隆だよ」

老人の視線は、天井の一角へ向けられたまま動かない。わたしは、自然と久住へ視線が向いた。同じ久住という姓を持つ、名残の会の一員。彼女は久住正隆と何か関係があるのだろうか。写真には、彼女とそっくりの女性が写っているが、久住正隆自身は写っていないようだ。つまり、久住正隆と久住という今の女性を結びつける材料はないのだが……。

「久住正隆の絵を欲した。彼が何を見て、何を考えたのか、それが知りたかったのだ」

「それだけのために、わざわざ？」

わたしには信じられなかった。角竹の口走った言葉の数々。久住正隆の絵には、何かもっと秘密があり、名残の会はそれを欲しているのではないか。

「君には理解できぬかもしれぬが……」

「……わかりません」

わたしは、率直に述べた。氷神公一は、ゆっくりとうなずいた。

「そうだろう。わしは傷は必ず癒《い》えると考えていた。どんな痕跡《こんせき》も年月という風雪が、綺麗《きれい》に覆《おお》い隠してくれるだろうと、信じて疑わなかったのだ。

結果的に考えれば、その認識は甘かったのだろう。久住正隆という男の情念だな。あの絵は、最近になって表層が剥落《はくらく》したと聞いたが？」

「表層に描かれていたのは綺麗な海の風景でした」

「呪《のろ》いであったのかもしれぬな。忘れぬように。忘れた頃に蘇るように。そんなふうに仕込んだのだ」

老人は視線を下げた。名残の会の、それぞれの顔を見る。その目に映っているのは、きっと過去の名残の会の人々であっただろう。

「久住正隆という人は、どうしたのですか？　食堂の写真には写っていないようですが」

「死んだ……」

氷神公一の言葉には、奇妙な含みがあった。久住正隆の死を疑っているように。

「どうして亡《な》くなったのですか？」

「わしらは囚《とら》われていたということなのだろう」

「どういう意味です？」

「久住正隆は自ら命を絶ったのだ」

「絵を、描いて？」

「そうだ。会が発足するほんの少し前の出来事だった。写真に写っている女がいるだろう？　あれが、久住正隆の愛妻――」

氷神公一は、久住を指して、「――久住の母にあたる女だ」

現在の久住と、過去の久住正隆の関係が、それでわかった。

「久住正隆は死する前に、何枚かの絵を描き、それを名残の会の面々に託した。わしらはそれを遺産として管理するつもりでいたが、秋月が離反して去り、会は意義を失って眠りについた」

「それで、わたしが……」

妙な考えに囚われた。もしも、母が遺品整理で父の絵を売りに出そうなどと考えなければ、あの絵は忘れられ、蔵の片隅で朽ちていっただろう。そうなっていれば、今の状況は発生しなかった。わたしがこの館《やかた》へやってきて、このような体験をすることも……。

「君はやってきた。秋月が秘匿《ひとく》していた、久住正隆の絵を、名残の会へと返したのだ。

そうして、我らに加わった」

「わたしは、会へ入ることを了承したわけでは……」

反論したが、老人は首をふるだけだった。

「逆らえぬよ。もはや、思惑は動き出しているのだ。それが生者のものであれば、おそらくは止められるだろう。しかし、これは死者の思惑なのだ。過去に意図され、はかられたのだよ」

「久住正隆に、ですか？」

「あるいはそうかもしれん。あの絵が描かれたときに、久住正隆は幻視したにちがいない」

「幻視？」

「……あれはそういう男だった。未来を、見たのだよ」

氷神公一が、そう云った直後、それまで黙っていた角竹が、猛然と口を挟んだ。

「その久住正隆だ。あの絵が重要なんだ。御大よ、あんたもわかっているんじゃないか？　今夜の件は、あれが災いしている、と」

「角竹よ、何が云いたい？」

突然の横槍に、氷神公一は不機嫌を隠そうとしなかった。

「上条だ。やつは、気がついたんじゃないか？　あの絵の秘密に。それで殺されたのだ」

「莫迦《ばか》なことを」

　氷神公一は取り合わなかったが、角竹は勢いづいた。

「なら、どうしてやつは殺されたんだ？　絵に描かれたように、縊《くび》られて死ぬなど、尋常じゃない。あれは犯人の警告なんだ」

「あり得ぬ」

「そうか、なら勝手をさせてもらう。今、絵はどこにあるんだ？　あれをもっとじっくりと見たい。そうすれば、隠されたものが俺にわかるかもしれん」

「お前には、無理であろうよ」

　老人は首をふったが、銀髭《ひげ》の男は納得しなかった。

「絵の内容が、どこかの場所を示唆《しさ》している可能性は高い。よく見れば、そこがどこか判明することはあり得るだろう。あるいは、絵の裏や額装に隠された文字があって、それが直接の隠し場所を教えてくれるかもしれん。とにかく、そうした情報を得たいのだ」

「久住正隆の他の絵を見ても、遺産の在りかは判然としなかった。わしにも、お前の父である十郎にもな。今さら、少しばかり観察してみたところで、秘密が判明するようなことはあるまいよ」

「わからないだろう。親父《おやじ》や、あんたが見逃しているものがあるかもしれん」

「さて――」

「絵はどこだ？　隠さないでもらおうか」

感情が激した様子で詰め寄る。シズカがさっと割って入り、角竹の前に立ちふさがった。

「……良かろう、好きにするがいい」

うんざりした様子で、氷神公一はそう云った。シズカへ、目だけで命じる。

「絵は、美術室に運びました。館の左翼二階でございます。鍵《かぎ》がかかっていますので、観覧の際は、お申しつけください」

「今すぐ、確認してきたい。鍵を出してもらおうか」

「承知いたしました」

シズカが、音もなく応接室を出て行く。しばらくして戻ってくると、大きな棒鍵を角竹に手渡した。

「文句はないだろうな？」

鍵を手にした角竹は、念を押すように会の面々を見た。

「ない。好きにしろと、そう云ったはずだ」

氷神公一の言葉にうなずき、角竹は応接室を出て行った。

「……困った男だ。豪毅《ごうき》で、単純で、欲深い。あやつの父、十郎もそうであったが、使いどころがあった。今、あの気性は毒にしかならん」

「あの、久住正隆の絵には秘密があるのですか？　角竹という人は、ずいぶんご執心のようでしたが」

「秘密か……」

老人の口は重かった。厭《いと》うように、それを避けている。

「宝物が隠されているんだよね？」

「秘密、秘密、秘密の宝」

くすくすと、司月の姉妹が嗤った。

「……本当にあるのですか？」

話に加わっていなかった久住が、そう疑問を口にした。わたしは意外に感じた。彼女は角竹などとは違う種類の人間だと思っていたからだ。人間の奥底は知れぬものだけれど、見誤ったのだろうか。

「久住正隆が見た光景。わしには、それでじゅうぶんだ。真相がどうであれ、もう興味は失《う》せたのだよ」

「無責任では？」

久住は、手厳しく老人を非難した。これには、とうの氷神公一も驚きを隠さなかった。

「わしは何も約束はしておらん」

「名残の会は、久住正隆の絵を、遺産を管理する者達」

その口調は厳しかった。久住は、「久住正隆は投資で得た資産を秘匿《ひとく》して保管する必要に迫られた。彼の絵には、その場所が示されている。遺産として、いつか名残の会へと受け継がれるように。あなたはそう云ったはず。そうして、わたしたちを集めた。そのように謀《はか》って」

「謀ってなどいない」

「ならば、遺産はあるのですね？」

久住は念を押した。氷神公一は、勘ぐるように首をかしげた。

「何を考えている、久住よ。お前は、欲の皮の突っ張った角竹とちがうだろう」

「人は皆、同じです」

久住の視線を受け止めた氷神公一は合点したように、

「二年前。あのときの久住は――」

「……失礼します」

久住は、長椅子から立ち上がると、「疲れました。休ませてもらいます」

そう云って、足早に応接室を出て行った。

「ぶらぶらぶらぶら揺れていて――」

「――ぐいぐいぐいぐい縊れてる」

司月の姉妹は、秘《ひそ》やかな声を交わすと、応接室から出て行った。廊下からは忍び笑いさえ聞かれた。まるで観劇のような態度だ。

「独りにしてくれ」

氷神公一は、窓辺に移動して、暗い海を見つめたまま云った。シズカが、こちらを見た。退室を求めているのだろう。わたしは、まだ老人に聞きたいこと、聞かなければならないことがあるように思われて、その場を去るのが躊躇《ためら》われた。

「……いずれ、わしの思惑を知りたいと願うときがくるかもしれん。しかし、それは無意味だろう。人は動機を求める。行動へと駆りたてる意味、そうであるべきだと定義する根拠。そんなものありはしない。人は小額の金で人を殺す。ささいな憤激で人を殺す。命ぜられるまま殺す。戦争によって、紙切れのごとく命が浪費される様を見て、いったいどれほどの無意味を感じるだろうか？　何万、何十万、何百万という人々の殺し合いで、参加する人たち一人一人に、その動機を問うのか？　そして、生き残った人たちに問うのか？　なぜ、生き残ったのか、なぜ、死ななかったのか、と。

わしの思惑とは、そういうものだ。動機があるとすれば、そこにしかない。名残の会を召集して、久住正隆が遺《のこ》したものの意味を問うたのは、それがすべてだ」

それはきっと老人の独り言なのだろう。わたしは、それでも聞かずにはいられなかった。

「上条の死も、意味がないのですか？　動機など無いと？」

無視されるかとも思ったが、意外にも反応はあった。

「人は愛ゆえに過《あやま》ちを犯す……」

# 九章　縊《くび》られた女

応接室から、中央広間へ出たところで小柄な二人組に出くわした。司月の姉妹は、二人で顔を寄せ合っていたが、わたしを見ると好奇を隠そうとせず近寄ってきた。

「はじめまして、お兄様」

「はじめまして」

二人は礼装の裾《すそ》をつまんで、優雅に挨拶《あいさつ》する。わたしは妙に気後れして、「ああ、こちらこそはじめまして」と、おかしな具合に返した。それが滑稽《こっけい》に映ったらしく、彼女たちはころころ嗤《わら》った。

「面白い方ね、仲良くしましょう」

「それは良いわね、仲良くしましょう」

無邪気な口調で、二人はそんなふうに絡《から》んでくる。わたしのどこが気に入ったのか、広間の端にある長椅子《いす》に誘って、「お話ししましょう」と手を引くのだ。

「あなたたちは、どこか由緒《ゆいしょ》ある家柄の方ですか？」

わたしは、彼女たちの出自が気になった。身にまとっている華美な洋装は、どれもなかなか手に入るものではない。裕福な者、外国との商いに携わる者、あるいはやんごとなき身分の者でなければ、そのような格好は出来ぬ世の中だ。

「それは秘密よね？」

「でも、教えてあげてもいいんじゃない？」

二人はささやきあい、それからこっそりとわたしへ教えてくれた。摂関家の傍系だが、やはりそれなりの地位にある家であった。それは口に出して云《い》うべきでないだろう。身分による特権は時とともに失われつつある。話しぶりからして、彼女たちもまた、遺産とやらを求め、この館《やかた》へとやってきているようだ。

「あなたたちはこんな場所にいて、恐ろしくはないのですか？」

「怖いわよね？」

「うん、怖いね、怖いね。きっとあれだよね、復讐《ふくしゅう》なんだよね」

「復讐かな？」

「だってそうだよ、あの女」

「ぶらぶらぶらぶら揺れていて――」

「――ぐいぐいぐいぐい縊れてる」

くすくすと嗤う。

「わけのわからぬ館です。あなたがたも、じゅうぶんに気をつけたほうが良い」

わたしは、そう忠告もしてみたが、彼女たちは薄い笑みを浮かべたままで理解されたかどうかは心もとなかった。

「お兄様、飴《あめ》を召し上がりません？」

「美味《おい》しいですわ。それにとても綺麗《きれい》でね」

小さな袋から、ひとつつまみ出して渡された。白色と紅色を混ぜて、練って成形した飴だ。丸みを帯びた小鳥の形をしている。飴売りが、よく子供らに売り歩く品だ。わたしも子供の頃に、親にねだって飴売りから買った記憶がある。懐《なつ》かしさで、手の中の飴をまじまじと見つめた。

「こうしたものが、まだあるのですね……」

感慨とともにつぶやく。

「甘くて、甘くて、とても綺麗」

「でもね、でもね、口の中で溶けて消えてしまう」

「もっともっと欲しいわ」

「それなら、お代をくださいな」

司月の姉妹は、唄《うた》うように云った。

秘《ひそ》やかに嗤う。

わたしは飴の礼を云って立ち上がった。司月の姉妹は、まだ惜しそうに、わたしに絡もうとする。腰当ての部分が大きく膨らみ、くびれが強調された礼装の美人に誘われるのは悪い気がしなかったが、それにしても浮き世離れしすぎていた。士族のはしくれとはいえ、すっかり庶民と化したわたしには理解しがたい世界だ。

わたしはその場を離れた。

広間には、もうひとり留まっている人物がいた。久住だ。広間の中央から、二階の手すりのあたりを見つめている。愁《うれ》いを帯びた瞳《ひとみ》が、現実の今を見ていないのはわたしにもわかった。今でない時を想《おも》う眼差《まなざ》しだ。

「気になりますか？」

無粋かもしれないが、つい声をかけてしまった。久住はこちらを見た。

「ええ。どうしても考えてしまいます」

「そうでしょうね。殺人なんて、そうそう出くわすことはないでしょうから」

わたしは、つまらない返しだと思いながら、他にうまい言葉を見つけられなかった。

久住の方は気にした様子もなかった。

「あなたは、秋月の家では長子なのですか？　他に兄弟は？」

久住は、世間話のつもりか、そんな質問をしてくる。

「ひとりっ子です。他に兄弟はいません。だから、よく母にこき使われるのです。今回も、そんな感じで、絵を運ぶ役割を命じられました」

「そうですか。他にいないのですね」

納得した様子で、久住はうなずいた。わたしは、世間話を返すつもりで、

「あなたは、どうなのですか？　他に兄弟が？」

「……妹がいました」

久住は、寂しげにつぶやく。何か事情があるらしかった。触れてはならぬ話題なのだろうと、別の方向へ話を持っていこうと思ったが、

「もう、この世にはいません……」

「不幸があったのですね。聞くべきではありませんでした。すみません」

わたしは詫《わ》びた。久住は「いいえ」と応《こた》えた。

「妹の話をするのは嫌いではありません。彼女の生きた証《あか》しが、今もわたしの中に存在していると、そう確認できますから」

「どんな方でしたか？」

わたしは、久住が救いを求めているように思われたのでそう聞いてみた。少しでも、気がまぎれればいい。そんな気持ちであった。

「優しい子でした。そして強い子でした。両親を早くに亡《な》くしたわたしにとって、ゆい

いつの家族でした。他に寄る辺のない境遇が、わたしと妹をいっそう強く結びつけていたのかもしれません。あの子を守らなければならないと、わたしはずっと考えていました。それだけを考えて、わたしは――」

とりとめのない話をして、久住は感情につまった。

わたしは何も云えなかった。おざなりに共感のふりをしたり、慰めを口にするのはたやすいが、そうすべきではないように思われた。必要なのは安直な同情ではなく、黙って話を聞くことなのだろう。

久住は、ようやく気持ちの整理をつけた。恥じ入るようにうつむき加減で、

「おかしな話をしてしまいました。すみません」

「いいえ、いいんですよ。質問したのはわたしですしね。何か、思うところがあれば話してくださって結構ですよ。おしゃべりは苦手ですが、これでなかなかの聞き上手です」

わたしはそう云った。久住は、もうじゅうぶんだと首をふった。そうしてから、ふいに思いついたように、

「もし、よろしければ絵を見に行きませんか?」

「絵、ですか」

例の美術室だろうか。角竹が鍵《かぎ》を持って、勇んで出かけていったはずだ。あまり、あの男と顔を合わせるのは気がすすまなかった。

「あなたが持ってきた絵とは別に、久住正隆の作品が収蔵されているはずです」

「いえ、それはわかりますが……」

興味深いけれど、角竹と出くわして、因縁をつけられるのは避けたい。少し迷った。

「気になりませんか？」

「正直に云うと、気になります」

結局のところ、好奇心が勝った。わたしは、久住とともに美術室へ行くことにした。

螺旋《らせん》階段を上がり、左翼廊下を進む。美術室の扉は、わずかに開いていた。わたしは先に室内を覗《のぞ》いた。案の定、角竹が絵を熱心に眺めていた。

美術室はさほど広くなかった。八畳ほどで、壺《つぼ》や茶碗《ちゃわん》といったものが展示されている。これは氷神公一の私的な蒐集物《しゅうしゅうぶつ》だろうか。窓はなく、壁には洋画が、一定の間隔でかかっていた。全部で六枚ある。すべて、久住正隆の作品であるようだ。

縊れた男を熱心に見ていた角竹は、部屋に入ってきたわたしと久住を見て、ふんと鼻を鳴らし、それから視線を絵画へと戻した。

てっきり、からんでくるかと思っていたので拍子抜けした。わたしは、それ以上角竹に構わず、絵の方へ注意を向けた。

絵は、すべて風景画で、わたしにはこの名残丘を題材にしているというのがよくわかった。縊れた男の表層になっていた絵と同じだ。構図や角度、絵の中の時刻はそれぞれ異なっている。おそらく、描き手はさまざまな場所から、この名残丘と海とを描写したのだろう。

「あの縊れた男の絵の表層には、風景画が描かれていたのですよね?」

久住は、壁の絵をそれぞれ見てそう云った。

「はい、こうしてみると、ここにある絵と同じ題材を扱っています。おそらくは、名残丘でしょう」

「そうすると、こんな考えも浮かびますね。ここにある絵の下層にも、同じように隠された絵があるかもしれない」

「可能性は、もちろんありますね」

わたしは、壁にかかった絵のひとつに歩み寄った。横側から、画布を覗いてみた。

「塗りは、厚めですね」

「では、やはり?」

久住も、同じように絵を横から見たり、上から見たりしている。

「専門家に見てもらえれば、わかるかもしれません」

「今、確認してみたい気もしますね」

「それなら、強硬手段をとるしかありませんね」

「強硬手段というと?」

久住は、絵から視線を離して、わたしの方を見た。

「表層の絵を削り取ってしまうんですよ」

「なるほど」

「ただ、絵を傷つけてしまいますから、すべきでないと思います」

「それもそうですね。金銭的な価値のない絵ですが、この風景画には、それはそれで趣がある」

久住はそう云ってうなずいた。わたしもまったく同感だ。蔵の中で見た海の絵は、今もわたしの記憶の中で美しく輝いている。その下に塗り込められていた、不気味な縊れた男よりもずっと好ましいものだ。

壁にかかった風景画も、剝がし取ってしまうにはおしいと感じられた。際立《きわだ》った部分はないけれど、奇をてらわない素直な美しさがある。

「この絵に秘密があるとすれば、やはり下層の絵の方でしょうか」

「上層の風景画という可能性もあります」

「そうだとするなら、これは名残丘を描いているわけですから、やはり遺産とやらはこの一帯のどこかに隠されていると考えるべきでしょうか」

「そんなに単純であれば、もっとはやくに会の誰かが見つけていそうなものです」

久住は、絵をじっと観察していた。

「絵の表面に、何か文字や記号が隠されているような感じはありませんね。裏面にも、とりあえずそうしたものはない。描き手の署名がありますが、久住正隆という、この名前にどこかを示唆《しさ》するものがあるとは思えませんし」

「熱を加えることによって、何か文字が出てくるようなことはないでしょうか？」

久住の発想に、わたしは首をかしげた。

「これは洋画ですよ。あぶり出しの紙とは異なるのです。そうしたことは無理でしょう」

「そうですね。やはり、なかなか難しい問題のようです」

久住は嘆息し、まだ未練があるらしくしばらく絵を見つづけた。わたしも付き合っていたが、そのうちに久住が客室へ帰って休みたいというので、その場で別れた。

美術室には、わたしと角竹が残されていた。角竹は、こちらに一切構わず、一心不乱に絵に憑《つ》かれた男に見入っている。その様子は何かに憑かれているようで異様だ。邪魔する必要もないと考えて、美術室を出ようとする。背後から声がかけられた。

「待て、聞いておきたいことがある」

「なんですか？」

わたしは気乗りしなかったが、無視すると後々面倒かもしれないと考えた。角竹は、底光りする目でわたしをじっと捉《とら》えていた。

「お前は、いったい何の目的でここへやってきた？」

「決まっているでしょう、絵を運んできたのですよ」

「そんな妄言を信じると思うか？ 御大に呼び寄せられたのだろう？ 絵を持ってくることと引き替えに、絵の秘密を知ろうというのか」

「話にならない」

やはり相手をするべきではなかった。この角竹という男は、我欲が強すぎるのだ。自らがそうであるから、他人も同じなのだと決めつけて疑っていない。わたしは少しかちんときたものだから、やり返すことにした。

「あなたのほうこそ、どうなんですか？」

「俺か？ 俺は親父《おやじ》が取り損ねたぶんを、取り返そうとしているだけだよ。相応の分け前というやつをな」

「分け前？」

わたしがさらに問うと、角竹はふんと鼻を鳴らした。

「親父は、昔、氷神公一の御大と仕事をしたのだ。でかい仕事だったらしい」

「でかい仕事？」

名残の会の前身が行ったという事業の話だろうか。角竹は頓着《とんちゃく》せず、

「詳細は知らんがね。やんごとなき血筋の、その傍流の家柄に取り入って、うまい汁を吸ったらしいのだ。しかし、親父は御大から分け前を取り損ねた。だから、息子の俺が代わって御大に請求したのだよ」

「そんな話をわたしに聞かせていいんですか」

わたしは、角竹が自分の目的を軽々に話す意図がわからなかった。角竹は笑みを浮かべ、

「まんざら、お前に無関係の話でもないからな。その昔の仕事には、秋月もかかわっていたのだ」

「父が？」

看過できぬ発言だ。わたしは角竹に詰め寄った。

「どういうことですか」

「親父たちはみんな仲間だったのだ」

「父がそんなことに……」

何か陰謀めいた香りのする話だ。

「とにかく、御大にはその時の借りを返してもらう必要がある。そして、その機会こそが、これなのだよ」

角竹は、壁にかけられた絵を指し示した。

「その絵に秘せられているという遺産ですか」

「それが目的なのだろう？」

探るように、そんなことを云う。わたしはうんざりした。

「何度も云いますが、わたしは絵を運んできただけなんだ」

「それなら、結構だがね。お前が、無欲を装《よそお》うとも、結局のところ権利は俺のほうにある。それを主張できるのは俺だけだ」

「正当に儲《もう》ける算段をしたほうが、よほど健全でしょう」

「正当だと？　ふん、わかっていないようだな。今の世の中では、正当であることに価値など無いのだ。しかも、ここは居留地だ。一攫千金《いっかくせんきん》の話がごろごろ転がっている。これもそうしたもののひとつなんだよ。手っ取り早く稼ぎ、のし上がるためには、こうしたものに迅速に反応できねばならん。正当かそうでないかにこだわっていたら、食いっぱぐれて落ちぶれるだけだ」

「あさましい考え方だ」

わたしがそう云うと、角竹が凄《すさ》まじい目つきで睨《にら》みつけてきた。

「あさましい、だと？」

目が血走り、口角に泡が吹いた。角竹は異様な顔で、「もう一度云ってみろ」

「一攫千金の話に飛びつくなんて、あさましいと云ったのですよ」

「自ら、その話に飛びついておいてか？」

「わたしはそんな話に飛びついた憶《おぼ》えは――」

「あの女と同じだな。金が欲しいくせに、金に困っているくせに、同じように手を汚そうとしながら、俺をあさましいなどと蔑《さげす》むのだ」

「……あの女？」

わたしのつぶやきに、角竹ははっと我に返った。苦々しげに口元を歪《ゆが》める。

「とにかく、自分の分をわきまえることだ。秋月に権利などない。大人しく、目立たぬようにしていればいいんだ」

角竹は、繕うように云って美術室を出て行った。


今日一日の疲労が、肩のあたりに重く溜《た》まっていた。少しでいいから、休みたかった。客室へ戻り、寝台に体を投げ出す。体は重かったが、頭の方はすっかり覚醒《かくせい》していた。それで眠ろうとしても寝付けなかった。

壁にかかった時計を見る。まだ、午前零時過ぎだ。

わたしは体を起こした。

皆、まだ眠れずにいるだろう。あんな出来事があったのだから、安楽に眠りを貪《むさぼ》っているはずはない。

……殺人犯人であれば、なおさらだ。

彼、もしくは彼女にとっては、間違いなく眠れぬ一夜となるだろう。良心の呵責《かしゃく》に震え、その罪の大きさに押しつぶされそうになる。

すべてが露見して、裁きの場に引きずり出されるかもしれないと、怯えながら……。

そこまで考えを巡らして、わたしは唐突に気がついた。

犯人の意図は不明だ。なぜ、上条を殺害したのか。その動機は定かでない。だが、人を一人殺害した人物が、このまま大人しくしているものだろうか。警察が来るまで、犯行現場でじっとしている愚か者はいない。逃げ出すのが普通だ。上条を殺害した犯人は、そうしなかった。シズカの言葉によれば、犯人はまだ名残館の中にいる。吊《つ》り橋を落とし、自らの退路を断ってまで我々を閉じ込めたのだ。

その意思は、こう解釈できないだろうか。

誰も逃がさない、と。

背中と脇《わき》に、嫌な汗が流れた。わたしは、自分の考えに怯えた。

いや、そんなことはあり得ない。

頭を振って、恐るべき企《たくら》みの可能性を打ち消す。もしも、犯人がこの場にいるすべての人々の抹殺を企んだのだとすれば、もっと安易な方法がいくらでもあるはずだ。たとえば、館に油を撒《ま》いて、全員を焼き殺すとか。極端な発想だが、非現実的だと笑うことはできない。毒物を使用するのも、そうした手段のひとつだ。わたしたちの食事に毒物を盛れば、大量殺人を実行できる。この場合は、毒物の入手方法が問題となるが、それも高い障害とは必ずしも云えないだろう。ようするに、被害者を縊るといった手段をとったことが、全員抹殺の可能性と矛盾しているということなのだ。

それに、動機の問題もある。わたしは、この名残館に偶然やってきた人間だ。母に命じられ、絵を運んできたにすぎない。誓って云うが、この館にいる人々で、事前に面識のあった人はいない。すべてはじめて会った人たちだ。名残の会の面々が、どの程度互いを知っているのか定かでないが、全員を抹殺するなら、全員に対する相応の動機が必要になるではないか。無関係で、初対面のわたしが混じっている中で、わざわざ全員抹殺を企む動機が見当たらない。

『呪《のろ》いであったのかもしれぬな。忘れぬように、忘れた頃に蘇るように、そんなふうに仕込んだのだ』

ぞわりと、氷神公一のつぶやきが蘇《よみがえ》った。

それは現実的な解釈をひとつずつ点検して、あり得ないものを排除していたわたしに、理解不能な説得力でもって迫った。

久住正隆という死者によって、企まれ、はかられてこの場に導かれた。そうして、ひとりずつが殺されていくのだ。

——いや、そんな迷信めいたことはあり得ない。

何度目になるか、自らの考えを否定した。

いくらなんでも現実から乖離《かいり》しすぎている。これでは怪談話ではないか。一笑に付そうとして思いとどまる。

そう信じている者がいたとすればどうだろうか？

どんな突飛な考えであっても、そのように信じてしまう人というのは必ずいる。そうした人間が犯人であった場合、どんな現実的な解釈も通じないのではないか。今回の犯人が、そうした考えに憑かれ、思い込んでいるのであれば、絵に描かれた縊れた男を実現させた手口もうなずける。わたしたちを閉じ込めたのも、異常な思考のあらわれなのかもしれなかった。

ならば、誰が犯人なのだろうか。

司月の姉妹、角竹、久住、氷神、シズカ。この中に上条を殺し、おかしな考えに憑かれている異常者がいるのだろうか？

この中で、犯行が不可能で容疑者——法律的な解釈ではない。疑わしい人間と云う意味での比喩《ひゆ》だ——から外せるのは、氷神公一だろう。言語は明瞭《めいりょう》だが、車椅子に乗らなければ移動もできないほど衰えている。彼に、上条を突き飛ばして、縊り殺すことなどできはしないだろう。

実行が可能な人物はしぼられる……。

扉が叩《たた》かれた。

わたしは驚いて扉を見た。

いったいだれが？

邪《よこしま》な考えを持った人物がきたのかもしれない。扉にそっと近寄って廊下の様子をうかがう。物音はなかった。扉を叩いた人物は、部屋の前でじっと返事を待っているらしかった。

「誰です？」

毅然《きぜん》として誰何《すいか》した。

「わたしです。あの、ちょっとよろしいでしょうか」

久住の声であった。

わたしは、扉を開けて、廊下に顔を出した。久住は、不安そうな様子で廊下の後方をしきりと警戒していた。

「どうしました？」

「いえ、あの、わたしの部屋は、司月の姉妹の隣なのですが……」

「はい？」

どうして、客室の部屋割りの話などはじめるのだろうか。わたしがのみ込めずにいる

と、

「どうも様子が変なのです」

「様子が変とはどういうことです？」

「物音がして……」

「隣を見ましたか？」

わたしが聞くと、久住は頭を振り、「扉を叩きましたが、反応がありませんでした」

廊下に出て、自分の部屋に鍵をかけた。そうしてから、久住とともに司月の姉妹の部屋を目指した。それは館の二階左翼だ。

部屋の前まで来ると、わたしは扉を強く叩いた。

しばらく待ったが、反応はなかった。

「他の誰かに報《しら》せましたか？」

「いいえ、まだ誰にも云ってません。ちょっと様子がおかしいという程度なので、騒ぎ立てるべきなのかどうか……」

久住の判断の是非はともかく、わたしは氷神公一かシズカに報せるべきだろうかと考えた。事態が一刻を争う場合も予想される。とにかく、扉の取っ手に手をかけた。

鍵はかかっていなかった。

わたしは、おそるおそる扉を開けた。

戸口の開いた隙間《すきま》から、ぬるい風が鼻先に触った。前髪が乱れる。窓が開いているのだ。こんな嵐《あらし》の晩に、窓を開け放っているというのはどう考えてもおかしい。

扉を開いたものの、部屋は灯りが点《つ》いていなかった。暗闇《くらやみ》の部屋、戸口まで雨風が吹きつけてきた。遮光の薄布がざわめいている。人の気配はない。わたしは、戸口から手を伸ばして、備え付けの洋燈《ランプ》を探った。

燐寸《マッチ》を擦り、ようやく灯りが点いた。

部屋が、煌々《こうこう》と照らし出される。

わたしの視線は、窓際にあるものに釘付《くぎづ》けになった。

背後で、久住が息を呑《の》む。

窓際に、おかしな体勢で女が座り込んでいる。

首が斜め上に向かって捻《ねじ》れ、奇怪な顔色は生者のものではあり得なかった。わたしは服装から、それが司月の姉妹のどちらかだろうと考えた。

部屋に踏み込んでいく。窓際の死体以外に、人の気配はない。誰かが潜んでいるというようなことはなかった。司月の片割れも見当たらない。

慎重に窓辺に近寄った。

窓枠を残して、はめ込まれていたぎやまんは砕けて散らばっている。その破片が宝石のごとく煌《きら》めく中で、司月の死体は装飾されているようにも見えた。

死因は、首に巻き付いている縄によって窒息したか、首の骨が折れたといったところだろうか。わたしは、縄が窓枠にからんでいるのが気になった。縄はさらに伸びて、外へ向かい、ぴんと張って下がっていた。

ある予感に怯えながら、わたしは、割れた窓から外を見てみた。

海は荒れ放題で、波が黒い影となって幾重にも押し寄せていた。風と雨に、髪がなぶられる。窓の下は、垂直の断崖《だんがい》となっている。縄の先に吊り下がっているものを見て、思わずうめき声を漏らしてしまった。

「どうなっているのですか」

久住が、戸口で震え声を上げた。わたしはよろめきながら、窓辺から退いた。

「女性が吊り下がっています。もう助からないでしょう」

「そんな……」

そう云ったきり、久住は絶句する。わたしにしてみても言葉が無かった。

先ほどまで、司月の姉妹は生きていた。華美な洋装に身を包み、ころころと無邪気に笑い、わたしに飴玉をくれた。どこか浮き世離れした彼女たちのありようは馴染《なじ》めるものではなかったけれど、悪い印象ではなかった。

もっと別の出会い方をしていれば、とそんなふうにも考えてしまう。それだけに、奪われた命が残念でならなかった。

　廊下から足音が聞こえてきた。

その気配に、わたしと久住ははっと身を固くした。

あらわれたのは、シズカだった。

「なにごとでございましょうか?」

そう機械的に問い、戸口の久住を見る。何も答えられない久住から、さらにわたしへと視線を向け、室内の様子に気がついた。

「亡くなられていますね」

シズカは、窓際の死体の前で跪《ひざまず》くと、首筋に触れて確認した。

「もうお一方は?」

シズカは、そう云ってから縄の行方に気がつき、わたしと同じように窓から外を見た。吊り下がる死体を見て、何を思ったのだろう。ふり返ったその表情には、どんな感情もあらわれていなかった。

「亡くなられています」

「久住さんがこの部屋で物音がしたと云うので、異常があるかもしれないと考えたんです。それで、扉を叩いた。返事がないので——」

また疑われてはたまらないと思い、わたしはそう説明をした。舌がもつれて、うまく話せたかわからない。シズカはじっと聞き入っていた。

「わかりました。とりあえず、主《あるじ》には報告しておきます。それから、角竹さまを呼んで、吊られている死体を引きあげましょう」

「死体を引きあげる？　どうして」

わたしは動揺して、すっかり思考が麻痺《まひ》していた。今さら、死体を引きあげてどうしようというのだろうか。

「そのままにしておくわけにもいかないでしょう」

「あ、ああ、そうですね」

わたしが動揺から立ち直れないでいると、久住が「呼んできます」と云って、足早に廊下を去った。

「……それにしても、いったい何が起こったんでしょうか」

気持ちを落ち着けようと努めながら、わたしはあらためて部屋の状況を確認した。窓際には一人の死体、そして縄で繋《つな》がった先、窓の外にさらに死体が吊り下がっている。異常な状況としか云いようがなかった。

「吊り縄による二重の殺人。これはそう意図されています。双子の姉妹の体重が、天秤《てんびん》の両端のようにつり合うのを利用した狡知《こうち》なのです。

犯人は、まず、司月のお嬢様方の部屋を訪れ、甘言を用いて室内へ侵入します。それから隙を見て、隠し持っていた縄——縄の両端に輪をつくっておきます——の輪を姉妹の首に素早くかける。そうして、姉妹の一方を窓に向かって突き飛ばすのです。

するると、窓を突き破って落下する一方に引かれ、もう一方の首が絞まります。宙吊りになったほうは縊れ死に、部屋に残るほうは宙吊りにされたほうの体重に締め上げられて窒息する。宙吊りになったほうに引かれて、もう一方も落下しておかしくありませんが、窓枠に縄が引っかかり、こうして、一方が残ることになった」

シズカは、感情を見せずにそう説明した。

恐ろしい話だ。こんなことを考えつく人間の気がしれない。二人の首に縄の輪をかけて、一方を崖下《がけした》へと突き落とすことで、二人ともども葬《ほうむ》ってしまうというのだ。まったく正気の沙汰《さた》とは思えなかった。

「誰がこんなことを……」

そう口に出したわたしを、シズカはじっと見ている。怜悧《れいり》な眼差しには妙な力があって、わたしはつい、いい訳をしたくなった。

「わたしではありませんよ。わたしは、久住さんと美術室へ行ってから、客室に帰り、一歩だって部屋から出なかった」

「それを誰が証明できますか？　不在証明とするには、いかにも穴だらけの説明です。秋月さまは、客室から一歩も出なかったと偽って、実は司月さまの部屋を訪れたかもしれません。あるいは、美術室へ行ったというのは、嘘《うそ》の供述かもしれません。久住さまと共謀したと考えれば、それもあり得なくはないでしょう」

シズカの指摘に、わたしはまったく反論できなかった。そのとおりだ。わたしには不在証明などない。疑われても、それを払拭《ふっしょく》できる材料はないのだ。

「――秋月さんは犯人ではありませんよ」

久住が、戸口のところにあらわれた。背後に角竹の姿も見える。美術室へ行って戻ってきたのだろう。

「なぜ、そうおっしゃるのです？」

「隣で物音がして、わたしはすぐに廊下へ顔を出しました。物音は、まだかすかにしていました。わたしは気になって、隣の部屋の扉を叩いたのです。そうしても、反応がなかった。それで、そのまま秋月さんのところへ相談に行ったんです」

「つまり、そのとき、犯人はまだ室内にいたということですね？」

「そうです。もしも秋月さんが犯人なら、自分の客室にいなかったでしょう。だから、秋月さんは犯人ではありません」

「なるほど、おっしゃるとおりでございます」

シズカは、久住の顔を見ていた。まだ疑っているのか、すっかり納得したのかは、表情からうかがえなかった。

「また死人が出たんだってな」

角竹が、久住を押しのけて、戸口から室内を覗き込んだ。

「こいつはひどいな。司月のもう片割れはどうした？」

「亡くなられています。この下に吊り下がっていますので、角竹さまにご助力をお願いしたいのです」

シズカが場所を譲った。角竹は窓辺まで行って、下を覗き込んだ。顔が歪む。

「すっかり死体処理係にさせられたな。貧乏くじだ」

角竹は、ぼやきながら縄を握った。目で、お前も手伝えと訴えるので、わたしも後ろに回って縄を持った。

「そら、引きあげるぞ」

力を込めて縄が引かれる。窓枠の角のところで縄が擦《こす》れて、軋《きし》んだ音をたてた。徐々に死体が上がってきた。窓枠のところまで持ち上げたところで、角竹がいっきに室内へ引き入れた。

生命を失った肉体は、無造作に床へ転がる。華美な格好と相まって、それは人形のように見えた。角竹が死体を持ち上げて、寝台へ横たえる。慈悲でそうしたというより、それ以上は死体を見ていたくないという顔だった。

白布がかけられ、死体が隠されると、誰の口からともなく安堵《あんど》の溜め息が漏れた。シズカは、せっかくかけられた白布の端を持ち上げて、司月たちの着衣を確認していた。何か調べているふうだ。

「おい、もう、出るぞ」

角竹は、不愉快そうに廊下に出た。久住は、不安げに室内を見ている。シズカは、ようやく納得したのか部屋から出てきた。そうして、輪になった鍵束を取り出すと、その中の一本で現場の客室に鍵をかけてしまった。

「これで、現場は保存されます」

「死体をいじってしまったんだから、保存も何もあるまい」

角竹は、面白くも無さそうにそう云う。

「必要最低限の措置です。これで、犯人が事後に何か工作を行う可能性を排除できます」

「そうか。結構なことだ。死体のある部屋の保存よりも、俺は、自分の身が心配だ」

角竹は、もう用はないと云わんばかりに、廊下を歩き出した。

「何か、見つけたのですか？」

久住は、先ほどのシズカの行動が気になったようだ。

「はい。客室の鍵がないかを確認しました。落下して宙づりになっていたほうの司月さまが、持っておられました」

シズカは、棒鍵を一本取り出し、「客室の鍵はこれと、鍵束の中にあるものだけです」

そう云って、客室の鍵と鍵束をしまい込んだ。それから、立ち去りかけていた角竹を呼び止める。

「角竹さま」

「なんだ？　まだ何か用か？」

不機嫌そうにふり返った角竹に、

「美術室の鍵をお返し下さい」

「ああ、そうか。忘れていた」

角竹は、上着を探って棒鍵を取り出すと、シズカに放った。かなり乱暴な手つきで投げたものだから、鍵はシズカの顔面に向かっていった。目前に迫った鍵を、シズカは右手のわずかな動きだけで受け止めた。人さし指と、中指の間に鍵がはさまっていた。飛んでくる鍵を二本の指でつかんだのだ。

「角竹さま」

「なんだ？　鍵は返しただろう」

再び呼び止められて、角竹は怒りをあらわにした。

「美術室の扉に施錠《せじょう》をなさいましたか？」

「憶えてない」

そう怒鳴って、角竹はもうふり返らずに立ち去った。

「……美術室を見て参ります」

シズカは、動揺も見せずにそう云うと背を向けた。

「待ってください、わたしも行きます」

わたしは、そう申し出た。シズカがふり向く。

「施錠の確認だけでございますので、わたくしひとりでじゅうぶんですが」

「こういう場合、できるだけひとりにならず、集団で行動するほうがいいのではないですか？　シズカさんは女性ですし……」

わたしは、単独行動は控えたほうが良いと考えた。いらぬ疑いを招くかもしれないし、自分自身の身の安全をはかる上でも、集団行動のほうが都合が良い。司月の姉妹が殺害されたことで、犯人が皆殺しを企んでいる可能性も高まった。この先、用心に越したことはないだろう。

シズカは、わたしの意図をどう解釈したのか、

「では、お願いいたします。久住さまもご一緒に」

そう云って、先に廊下を歩き出す。わたしは久住とともに美術室へ向かった。

前を行くシズカは、足音ひとつたてずに、先へ先へと進んでいく。こちらは小走りになってようやく同じ速度といった具合だ。どうも、投げつけられた鍵を受け止めた反射

神経といい、この小間使いは運動のほうも並はずれて高性能にちがいなかった。

　シズカが何かに気がついて立ち止まった。美術室の手前だ。見ると、わずかに扉が開いている。角竹は記憶にないと云っていたが、急いで出たので、扉は開けっ放しにしたままであったのだろう。

　そのわずかに開いた扉の隙間から室内を覗いたシズカが、足早に美術室へと踏み込んでいった。施錠の確認だけなのに、どうして室内へ入ったのか。わたしはいぶかった。

　横にいる久住も不思議なようで、

「何かあったのかもしれません」

「わたしたちも覗いてみますか」

　そうして、わたしと久住は美術室の戸口から中を覗いてみた。灯りも点けっぱなしだ。さきほどと変わらず、壁面に絵がかかっている。シズカは、そのうちの一枚の絵の前で佇《たたず》んでいた。口元に手をあてている。

　わたしはちょっと不気味に思った。なぜなら、シズカの指の間から見えた、あの色のない死人の唇が、笑みを浮かべていたからだ。

「どうかしましたか？」

　久住が聞くと、シズカはこちらをふり返り、

「何者かが、絵を損傷させたようです」

「なんですって？」

わたしは美術室へ入って、シズカの横へ並んだ。

そして、驚愕《きょうがく》のあまり震えた。

先ほど死体を見たときよりも、ずっとおそろしかった。

司月の姉妹の死体は、精巧に出来た人形のようで、残酷だが現実感を欠いていたところがあった。だから、衝撃は受けたものの、心のどこかに少しだけ余裕を持てた。だが、今、目の前にあるものはまったく不可解で、より残酷で、それでいて、確固とした現実をわたしに突きつけたのだ。

そこには、ほんの数時間前まで、久住正隆の手による名残丘の風景画がかけられていた。その風景画には、表層に掻《か》き傷のようなものが無数につけられている。おそらく、床に転がっている小型の包丁の背を使ったのだろう。わたしと久住がおぼろげに予想したとおり、表層は比較的簡単に剝離《はくり》する仕掛けになっていたようだ。床に散らばっている屑《くず》からして、久住正隆は石膏《せっこう》でも使ったのだろうか。

表層が削られ、あらわになったのは、まさしくこの世のものとは思えぬ絵画であった。

そこには、二人の女性が描かれている。仲良く並び、上部から垂れる縄に吊され、縊《くび》れて死んでいるのだ。

縊られた女。

そして、その顔はまごうことなく、司月の姉妹であった。

理解不能の絵を目の前にして、わたしは膝《ひざ》が震えてうまく立っていられなかった。いったいどういうことなのだろうか。この絵は何十年も前に描かれ、秘されていたものだ。

上条が、絵の通りに縊れ死に、司月の姉妹もまた、絵の通りに縊れ死んだということになる。そんなことはあり得ないはずではないのか。この世の道理が、わたしの信じている人間世界の法則によって支えられているのであれば、過去に描かれた絵の通りに、次々と人が死んでいくなどという莫迦《ばか》なことがあるはずがない。それでは、まるで予言だ。

『あるいはそうかもしれん。あの絵が描かれたときに、久住正隆は幻視したにちがいない』

久住正隆は、未来を見たのだと、氷神公一は語った。

本当に、そんなことが？

懊悩《おうのう》するわたしをよそに、シズカの、色のない唇が宣告した。

「なるほど、見立て殺人でございましたか」

# 十章　見立て破り

　わたしたちは、再び応接室へと集まった。誰かが呼びかけたわけではなかったが、自然とそこへ全員が顔をそろえたのだ。それは怯《おび》えゆえの行動であっただろうし、善後策のためでもあっただろう。とにかく、独りになるという選択肢はなかった。

　角竹、久住、わたしが卓を囲んで座り、氷神公一は、ひとりで窓際《まどぎわ》にいた。車椅子《いす》に深く腰かけ、外に広がる深い闇《やみ》へ視線を向けたままだ。朝が近づいているのに、夜はいっそう深くなるようだった。

「御大よ、どうするつもりだ？」

　角竹が口を開いた。氷神公一は、聞こえているのかいないのか、反応を示さない。

「御大、聞かせてもらおうか」

　憤怒《ふんぬ》をあらわにして、角竹が卓を叩《たた》いた。

「……そう声を荒らげるな」

「俺は、聞く権利があるはずだ。この不始末にどうけりをつけるのか」

「まるで、自分の責任ではないとでも云《い》いたげだな？」

「当たり前だ。三人死んだ。俺は犯人ではない。そうだとするなら、答えは決まっているじゃないか。久住か、新入りの秋月が野心を起こしたんだ。あるいは、そこの小間使いが欲を出したかもしれん。いずれにせよ、不始末の責任は、今日、会を催した御大にある」

角竹の不遜《ふそん》な態度に、氷神公一は辟易《へきえき》したのか、

「茶を淹《い》れなさい」

「かしこまりました」

シズカは、紅茶を淹れ、西洋茶碗《ぢゃわん》を主に差し出した。氷神公一はたち上る芳《かん》ばしい湯気を見つめていた。やがて、

「角竹よ、お前は自分が犯人ではないと云ったが、それを証明する手だてはあるか？」

「俺は、自分が犯人でないのを知っている。それでじゅうぶんだ」

「そんな子供じみた論法は、他人に理解されんよ。犯人が、潔《いさぎよ》く自分が犯人ですと、白状するなら警察などいらん。同じように、自分が潔白ですと云って、信じてもらえるとは期待せんほうがいい」

「じゃあ、誰だと云うんだ？　俺か？　久住か？　秋月か？　その小間使いか？　まさか、御大がその体で三人も殺したというわけじゃあるまいな？」

「面白い考えだがな。——シズカよ？」

氷神公一は、側に控えた忠実な小間使いへ視線を向けた。

「はい、なんでございましょうか」

「犯人がわかるかね？」

その問いかけは、単純でいて奇妙に蠱惑《こわく》的だ。シズカは、しばらくじっと考え込んでいた。

「現時点で、犯人を断定する材料はございません」

「無理かね？」

「はい。警察が捜査を行えば、何らかの痕跡《こんせき》を簡単に発見できるでしょう。あるいは、苛烈《かれつ》な追及と、組織的な捜査が、犯人をあぶり出すかもしれません。ですが、いずれもこの場所では期待できないことでございます。ここにいるのは素人《しろうと》。そして、司法の救いは期待できないのですから」

「我々には、犯人を見つけることはできぬか……」

老人は嘆息した。

角竹が、また激して立ち上がった。

「誰だ？　妙な真似《まね》をして、何を企《たくら》んでいる？」

激怒の声に、久住は沈黙したままだ。わたしも答える気はなかった。

「犯人は、まだ続けるつもりだろうか？」

氷神公一はつぶやく。シズカが、

「おそらくは、止《や》める気などないでしょう。そうでなければ、吊《つ》り橋を落とす必要もなかったでしょうから」

「ならば、ここで皆、死に絶えるかね？」

車椅子を反転させて、氷神公一は向き直った。

「それを防ぐ手だてはございます」

シズカの言葉に、全員の注目が集まった。氷神公一は、忠実な小間使いへと視線を向け、

「どうしろと？」

「現時点で、犯人の意図は不明でございます。上条さまを殺害しただけであれば、ただの犯罪の域を出ませんが、立て続けに司月のお嬢様方を殺害したことから考えて、何らかの企みがあるのは明白でございます。それは、美術室で損壊された絵を見ればはっきりとわかります」

「表層が剝《は》がされていたそうだな？」

「下層には、司月のお嬢様方が縊《くび》れ死んでいるさまが、はっきりと描写されていました。これは絵画見立て殺人でございます」

「ふむ――」

氷神公一は、考え込み、「――ひとつ、わかるように説明してくれ」

「古来より、殺人を犯す者は奇妙な観念に憑《つ》かれやすい傾向があります。普通一般の人間にはまったく理解の出来ない方法、現場状況に特異な点がある事件は枚挙に遑《いとま》がありません。これもそうしたもののひとつで、死体や現場を装飾したり、あるいは変更を加えることによって、何か別のものに見立てるのです。

たとえば、誰か人を殺し、その死体に桃を握らせておきます。それだけでは、まったく意味がとれませんが、次に人が殺され、犬の死骸《しがい》も一緒に放置されていたとしたらどうでしょう。その次の死体に雉《きじ》、その次は猿というふうであったとしたら？　これは桃太郎の昔話になぞらえて、人を殺している。そのように考えられましょう。これが見立て、でございます。

今、わたくしたちが直面しているのは、そうした奇怪な殺人なのです。絵画そっくりに見立てて行われた殺人。それが、問題なのでございます」

「それで？」

「先ほども申し上げましたが、犯人の意図は不明でございます。しかし、これが見立て殺人であるのならば、絵に描かれたとおり殺人を実行しているのだとすれば、そこにある何らかの意図を汲《く》み取ることは可能と存じます」

「犯人は、久住正隆の絵を見て、そのとおりに殺人を実行している、か」

「さようでございます。犯人は何か意味があってそうしているかもしれません。あるいは、そうでないかもしれません。ただ、そのように仕組んでいることだけは事実です。であるならば、取るべき対策がひとつございます」

「それは何かね？」

氷神公一の問いに、シズカの色のない唇が答える。

「見立て破りでございます」

誰もが、その意味を考え、そして小間使いを疑った。

「具体的には？　いや、はたしてそんなことに意味があるかね？」

氷神公一ですら、シズカにそう聞き返した。

「意味はございます。犯人は、そうする必要があって見立てを実行しているのです。これはあらかじめ計画されていたのでしょう。そのように見込まれて、行われていることなのです。上条さまを縊り殺し、司月のお嬢様方を同じように縊り殺した。過去に描かれ、下層に秘された絵と同様に葬《ほうむ》ったのです。それが何を意味しているのか、まだわかりませんが、犯人に計画通りことを進めさせれば、待っているのは縊れた死だけでございます」

「犯行計画を狂わせようというのか」

「はい、見立てを防ぐために、見立ての道具を葬ってしまうのです」

ざわりと、応接室の空気が揺れた。

「久住正隆の絵を始末してしまえと、そういうことだな」

「それはできん」

色をなして反論したのは角竹だった。

「どうしてでございましょうか？」

「当たり前だ。我々は、あの絵を収集し、保守することを目的として集っているのだぞ。それを、始末するなどということが出来るわけがない」

「しかし、そうしなければ犯人の思うつぼです。そうではありませんか、角竹さま」

「貴様の考えはおかしいぞ、小間使い。もっと現実的に身を守る手段があるはずだ。犯人を特定して、物置部屋にでも閉じ込めてしまう方がよほど合理的だ」

「角竹さまは、現時点で犯人を特定できるとおっしゃるのですか？」

シズカの視線が、角竹を射抜いた。

「……それはない。それはないが、見立て破りなどという非現実的な手段を行うのは反対だ。まったく、ばかげている」

「犯人は、そのばかげた手口を用いているのでございます、角竹さま。絵画に見立てて、人を殺すということに執着し、それを実行している。ならば、その計画を頓挫《とんざ》させ、犯人の意思をくじくのはよほど合理的でございましょう」

「それで犯行が止むとでも云うのか？　犯人は、絵画を始末されれば、大人しくなるという保証があるのか？」

「ございません。ただ、犯人が見出《みいだ》している、見立ての意味のほうに影響を与えることはできます。あれが、わたくしたちの目から、真相を遠ざけているのです。絵画に描かれた縊れた死。それが重要なのです」

「わからんな。とにかく、ばかばかしい考えには反対だ」

角竹は、とりつく島もなかった。シズカは、

「Дурак《ドゥラーク》（ばか）」

とつぶやいた。角竹が聞きとがめ、

「何か云ったか？」

「いいえ、何も申し上げてはおりません」

彼女は咳払《せきばら》いして、

「反対されるのは結構でございます。ですが、対策に不同意の場合は、それなりの嫌疑を受けることをお覚悟下さいませ」

そう云い放った。角竹が歯ぎしりした。そうだ、わざわざ皆の前で、犯行の対策を口にしたのはそういうわけなのだ。これに不同意の者は、すなわち疑いを免れない。シズ

カは、相手の反応を見ている。怜悧《れいり》な眼差《まなざ》しで。

「絵を始末する、か……」

　氷神公一はその考えを反芻《はんすう》していた。角竹は、老人が本気で考慮をはじめたのだと焦《あせ》り、

「御大よ、まさか本気じゃあるまいな？」

「責任をとれと迫ったのは貴様だ、角竹よ」

「絵を始末するなどということには同意できん。親父《おやじ》が、生前にどれほどの投資をして家を傾けたか、知っているはずだろう？　その愚行で、俺はずいぶんな苦労を強いられた。今、それを取り返す機会を、みすみす逃すつもりはないぞ！」

　激昂《げきこう》し、角竹は銀髭《ひげ》の奥からつばを飛ばした。

「……さて、どうしたものか」

「御大よ、いい歳《とし》をして、そこの小間使いの色におかしくなったか？　ばかばかしい。見立て破りなどと、そんなもので、絵を始末されてたまるものか」

「他のものはどうかね？」

　氷神公一は、角竹の頑強な態度を見て嘆息した。

「わたしも反対です」

　かたい声で、久住が角竹と同じ意見を口にした。わたしは意外に感じた。

「なぜかね？」

「母が愛した人の絵を始末するのは、気がすすみません」

久住の言葉に、氷神公一は沈痛な面もちで、「そうか」

「秋月は？　お前はどうなんだ？」

勢い込んで、角竹がわたしに聞いた。わたしは迷った。見立て破りの現実的な効果はともかく、あんな不吉な絵は始末してしまってもいいのではないか。それで、犯人の心理にわずかばかりでも動揺を起こし、犯行計画に支障をきたさせる可能性があるなら、絵を始末するくらいはなんでもない。ただ、これが正解だという確信も持てなかった。もうすこし保留したいところだ。

「決断を先にしてもいいのでは？　ここには、全員が顔をそろえています。こうしていれば、犯人だってうかつな行動は出来ないでしょう。そのうちに、外から助けがやってくるかもしれません」

わたしは、そう意見を述べた。

「秋月の話は、うなずけるものだ」

氷神公一が、まとめるように云ってシズカを見た。彼女は、

「であれば、美術室には、もう誰も出入りしないということにいたしましょう。そうすれば、絵に何らかの小細工をすることはできなくなります」

「美術室の施錠《せじょう》は？」

「しっかりと行って参りました」

「鍵《かぎ》は？」

氷神公一に問われて、シズカは棒鍵の束を取り出した。

「ここにございます」

「では、鍵はわしが管理しよう」

老人は、手を差し出した。

シズカは、主の手に鍵をすべて渡した。

「これでいい。施錠した部屋の中にあれば、もう絵に手を出すことはできぬであろう」

氷神公一は、納得するように鍵を握りしめた。

「……犯人は、この後にどう出るでしょうか」

わたしは、誰にともなくそう聞いた。この場に、答えを返せる人間がいるはずなのだが、自分が犯人だと名乗り出るはずもなく、ただ沈黙だけが答えとなった。

「さて、俺は客室へ帰らせてもらう。もうひと眠りしたいんだ」

角竹は、話は終わったとばかりに立ち上がった。

「待ってください。それはあまりに危険だ」

わたしには、角竹の考えが理解できなかった。連続殺人が起きている、そんな中で、単独行動をしようというのは自殺に等しい。

「こんなところで、辛気くさい顔を眺めているのはごめんだな」

「ここで全員が一緒にいれば身の安全は確保されます。いらぬ疑いを招く心配もない」

「どう云われようとも、俺は部屋へ帰る。鍵をかけて、扉さえ警戒しておけば、誰かに寝首をかかれる心配もない。油断していた上条や、小娘の二人組と違って、俺は体力に自信がある。久住や秋月が悪巧みをしたところで、何も出来はしない。おっと、そこの小間使いも同じだぞ」

「過信ですよ」

わたしは、なんとか角竹を諫《いさ》めようとしたが無駄であった。銀髭の男は、小馬鹿《こばか》にしたような笑みを浮かべた。

「御大よ、鍵束から、俺の客室の鍵を抜いて、こちらへよこしてくれ。それで、俺の身の安全は確保される」

「……よかろう」

氷神公一は、鍵束から、ひとつをつかんで放った。それを受け取った角竹は、応接室を出て行ってしまった。

わたしは対応が納得できずに氷神公一を見た。

「好きにさせておけ。ああいう男だ」

老人は、疲れたように車椅子の背にもたれかかった。

「しかし……」

「美術室は施錠されておるのだ。少なくとも、これまでのようなことは起こらん」

老人は、忠実な小間使いへと視線を向けた。「そうだな？」

「これまでのようにはいかないでしょう――」

そうして含みのある口調で、

「――ただ、犯人はそれもまた見越しているにちがいありません」

「読まれていると？」

「被害者が、必ず見立ての通り、大人しく殺されると考えて計画するのは、かなり楽観的でしょう。犯人は、それほど愚か者ではありません。見立てに意味があるのであれば、必ずそれを成功させようと画策します。美術室に鍵をかけたとして、それは一時しのぎの対策に過ぎません」

「何をしてくると思うかね？」

主の問いに、シズカはしばし黙考した。影のように色が無く、死人のように生気を感じさせない女は、何を思うのだろうか。

「……続けようとするでしょう。達成するまでは、あきらめない。吊り橋を落とし、犯人もまた囚《とら》われてしまっているのです――」

シズカの視線の先、窓の外で、嵐《あらし》は弱まる気配を見せていなかった。未《いま》だ激しく、風雨が木々を翻弄《ほんろう》している。朝はまだ遠かった。明ける可能性すら信じがたいほど、闇が濃かった。

「――この名残館に」

「まったく正しいな。それは犯人だって自覚しているであろうよ。囚われ、逃れられない環《わ》の中へ封ぜられているという事実をな。そうして、嘲笑《あざわら》っているのだろう。企みを知り、対抗し、そうしながらも翻弄されるさまを」

# 十一章　見立て破り返し

わたしは、名残館の厨房《ちゅうぼう》でシズカの背を見つめていた。彼女はまったくよどみない動作で、軽食を用意している。麺麭《パン》を切り、食材を調理する。麺麭に具材を挟んで食べる洋食をつくっているらしかった。

――角竹が出て行ってから、氷神公一は夜食をつくるよう小間使いへ命じた。朝までずっと茶だけで過ごすのは、さすがに体力が持たない。わたしは食欲が無かったし、久住も顔色からして食べる気分ではないだろう。そうはいっても、無理して食べておかないと、この先何があるかわからなかった。

シズカが支度をしようと応接室を出かけたところで、久住が疑問を口にした。独りになるのはやめておいたほうがいいのではないか。それに、食材の調理にも注意した方が良い。見立てを破られた犯人は、もしかすると別の手段を講じてくるかもしれない。殺人を優先にして、方法を問わないやり方をする可能性がある。たとえば、食事に毒を盛るとか――

それで、わたしがシズカの監視役を仰《おお》せつかった。用心するに越したことはない。シズカは、自分が疑われているとわかっても、表情ひとつ変えなかった。

「あなたは、もうここで働いて長いんですか？」

暇を持てあましたわたしは、そんなふうに話しかけてみた。無視されるかもしれないと思ったが、シズカは調理の手を止めず、

「いいえ、ここでのお勤めは一週間ほど前からでございます」

「一週間前？　それにしては、ずいぶんご主人に信頼されていますね」

わたしは、シズカは何年も勤めて、忠実な小間使いとして氷神公一の信頼を得ているのだと思っていたから意外であった。

「そうでございましょうか？」

「そうですよ。まるで、何年も仕えてすべて知っているふうです」

「誤解でございます。わたくしは何も知りません」

「何というか、場慣れしすぎているんですよね」

わたしは不思議に思った。シズカは、名残の会や氷神公一の人となりをおかしいと感じていないのだろうか。普通の精神の持ち主なら、抵抗感を覚えてもいいはずだ。

「いつものことでございます」

何気なく口にしたそのひとことで、彼女に対する興味がいっそうかき立てられた。

「お仕事は、小間使いというのでしょうか？」

「女中、小間使い、はうすきーぱー、居留地では、めいどなどと呼ばれることもございます」

「冥土《めいど》？　あの世、ということですか？」

「はうすめいど、のことでございます。英国風の女中でございますね。呼び方は、お好きなように。家事や雑務一般で、お手伝いをするのがわたくしの本業でございます」

そんなふうに無感情に云《い》うシズカには、英国風のめいど、というより冥土のほうがより似合っているように思われた。死の気配をまとう小間使い——

「いつも、こうした金満家のお宅で仕事を？」

「わたくしは、居留地に棲《す》んでいます。様々なご事情で、人手を乞《こ》う方々にご奉公しているのでございます」

「色々なところを渡り歩いているというわけですか」

「はい。幸い、雇い先には困りません。小間使いは多くいるのですが、わたくしはこの国の言葉と、いくつか外国語を話せますので、それで重用されるのでございます」

なんでもないことのように云うが、外国語を理解できる人材は貴重なはずだ。彼女の出自や、育った環境もあるだろうが、それにしても有能すぎる。

「あなたなら、居留地の外でもじゅうぶんにやっていけるでしょう」

わたしは、軽い気持ちでそんなふうに云ったが、シズカは、

「秋月さま。この国が開かれても、人の心はなかなか開かれぬものでございます。わたくしの血を気にする人もおられましょう」

それは真実だろうと思われた。この国が開かれてから、まだじゅうぶんに月日は経《た》っていない。異人に対する考え方はひとそれぞれだ。シズカの容姿を気にする人も少なからずいるだろう。中には、良く思わぬ人もいるにちがいない。しかし、居留地ならば事情はちがう。雑多な異人が集う場所なら、彼女の容姿はごく普通にとらえられる。シズカは、居留地に生きる術《すべ》を見出《みいだ》しているのだ。

「ご主人方の中で、わたくしを欲しがるのは、秘密のある方、事情のある方、なにがしかの目的のある方です」

「なるほど、口の堅い人材を求める人というのが、世の中にはあるものだ」

「秘密の保持は、契約の第一の義務でございますので」

「職業人らしい言葉ですね」

「お褒めいただき、光栄でございます」

シズカは、向き直って小さく会釈《えしやく》した。もうすでに麺麭は綺麗《きれい》に皿に盛りつけられていた。飲み物の用意も調う。

「一週間前から、あなたはここに勤めている。すると、前任者はどうしたんでしょう

ね？　氷神公一氏は、足も不自由で、独りで生活はできないでしょう。血縁の方で、誰か世話をしていた方がいらっしゃったのでしょうか」

「ご家族は、疎遠《そえん》のご様子です。生活の世話は、わたくしの前任者がしていました」

「やはり、前任者がいたんですね。その方は、何か事情があってお辞めになったのでしょうか。それで、あなたを雇った？」

「さあ？　そこまでは存じません。前任者は、わたくしがやってきたときには、すでにこの館《やかた》を去っていましたから」

「そうですか……」

なんとなくだが、気になる情報であった。シズカは一週間前にこの館へやってきた。人材に窮して、口の堅い、場慣れした職業人を雇った。そのことに疑問はないのだが……。

「わたくしも、ひとつ気になることがあります」

「なんです？」

わたしはちょっと身構えた。この小間使いは、相手に緊張を強いるようなところがある。

「司月のお嬢様が持っていた鍵《かぎ》の意味でございます」

「鍵の意味？」

シズカは、軽食に不備がないかをしっかりと確認しながら、

「死体が鍵を持っていたのです。しかも、窓から吊り下がっていたほうのお嬢様が持っていた。これが何を意味するのかはあきらかです。司月のお嬢様は、室内側から鍵をはずした。そうして犯人を招き入れた。鍵を持った状態で、縄をかけられ窓から突き落とされた」

「犯人が事後に工作した可能性はないでしょうか？　たとえば、一度突き落としてから、死体を引きあげて鍵を死体に持たせる。そうして、もう一度落とすんです」

「それは、かなりの力を要する上、縄の擦《こす》れや死後の傷が残ってしまいます。吊《つ》り下がった司月のお嬢様に、一度引きあげたような痕跡《こんせき》はありませんでした。除外すべき可能性でしょう」

「つまり、犯人が合い鍵を使ったり、扉をこじ開けるとか強引に部屋へ乱入した場合は、死体が鍵を持っていたはずがないんですね」

「はい。棒鍵は大きく、それなりに重いものです。身につけていれば、かさばって邪魔に感じるでしょう。使用するときにだけ、鍵は取り出すのです。これが小さな鍵が前提であれば話は別ですが。とにかく、司月のお嬢様が鍵を持っていたのは、犯人による事後工作ではなかった。であるならば、司月のお嬢様方は室内側から、自らの意思で鍵をはずしたのです」

「そうでしょうね」

「これは女性心理からすると、ずいぶんおかしなことです。深夜で、しかも上条さまが亡《な》くなられた後です。司月のお嬢様方は、浮き世離れしたところがありましたが、それでも警戒していたでしょう。にもかかわらず、部屋の鍵を開けて、犯人を招き入れたということになります」

「確かに、云われてみるとおかしいですね」

「よほど、信頼できる人物だったのでしょうか？　それとも、まったく危険を感じさせない人であったかもしれません」

「たとえば？」

「そう、女性です――」

シズカは、用意した軽食を食台車にのせて、それを押して廊下へ出た。

「――同性であれば、司月のお嬢様方はさほど警戒しなかったでしょう」

その指摘は、疑惑の対象を狭めるものであった。この閉じた環《わ》の中に、条件を満たした人物は多くない。いや、事実上二人しかいないではないか……。

「お手伝いしましょうか」

久住が、応接室から出てきた。わたしは、なんとなく嫌な心地がした。この奇怪な館の中で、ゆいいつ良心を信じられると思った人であったが、今はわからない。絵の廃棄に反対し、なにがしか執着を見せる姿勢は、人物像に疑いを生じさせていた。

「給仕はわたくしだけでじゅうぶんでございます」

「なにかしていないと、落ち着かなくて……」

久住は、シズカに断られたにもかかわらず、麵麭ののっている食台車に視線を向けていた。

「すぐ支度を済ませてしまいますので」

「そうですか」

久住は、シズカが譲らなかったので応接室に戻って長椅子《いす》に座った。わたしは、シズカの意図を勘ぐった。彼女は、必要がないから、久住を食台車に近づけなかったのだろうか。それとも、疑わしい人物が食事に仕掛けをする可能性を阻《はば》みたかったのか。

「――ご主人様、支度が整いました」

麵麭の皿を並べ、飲み物を用意したシズカがかしこまって云った。窓際《まどぎわ》の氷神公一はわずかにうなずいて応じた。

「ひどい雷だ」

雷光が、老人の横顔を照らし出す。濃く、深く刻まれた陰影。

「……二年前も、嵐《あらし》だったそうですね」

久住が、氷神公一へ投げかけた言葉は、隠された刃《やいば》のように突き立った。

「久住よ、まだ忘れていないのだな」

「わたしにとっては、あれこそが名残です」

「もうすぎた話だ……」

「過去は消えません。現在を生きる人が、忘れてしまわない限り」

「今、この場で問おうというのかね？」

「今、この場であるからこそです」

久住は意を決して、老人を見た。優しい顔ではなかった。強く何かを想《おも》っていた。

「妹は、なぜ死んだのですか？」

嵐はその刹那《せつな》に凪《な》いだ。猛烈に荒れ狂う前の、ひとときの静謐《せいひつ》を演出するように音を消した。息を呑《の》み、質問の意味と答えの在りかが問われようとした。だが、はかりごとは巧妙だった。

稲光が窓を照らした。そして、灯りがすべて消えてしまった。室内は暗闇《くらやみ》に没した。

「何も見えない」

「灯りが……」

動揺と恐怖。

わたしは、思わず身を固くして壁ぎわに後退した。殺人者に怯《おび》える中で、灯りが消えるという事態は、ひどく恐ろしいものであった。何者かが、今にも襲いかかってくる。

そんな考えが頭から離れなかった。

「落ち着いてくださいませ。今、灯りをお持ちします」

シズカの冷静な声が聞こえる。

「大丈夫でしょうか……」

久住の不安に怯える声。

「よくあることだ――」

氷神公一の声は、途中で不自然に断ち切られた。何かが倒れるような激しい物音がひびく。そして、走り回るような足音。

「なんですか？　どうなっているんです」

わたしは事態を把握できず混乱した。何かが起こっている。それは間違いない。ただ、それが何なのか、暗闇の中ではさっぱりわからない。それまで頼りにしていた、視覚というもののありがたさが実感された。

冷静にと、自分に云い聞かせた。もうすこしすれば、暗闇にも目が慣れる。まわりの状況がわかるようになるだろう。それまで、うかつに動くのは危険だ。

何度も目を瞬《またた》き、闇に慣れさせようとした。時間がかかったが、ものの輪郭ぐらいはつかめるようになってきた。また激しい物音がした。

「皆さま、ご無事でしょうか」

廊下から光が射《さ》し込んだ。シズカが片手に洋燈《ランプ》を提げている。蜜柑《みかん》色の光が眩《まばゆ》く、ありがたく感じられた。

照らし出された室内の光景は異様であった。食台車がひっくり返り、皿が散乱して割れている。麺麭もあらかた床に落ちていた。嵐が過ぎ去った後のようだ。

「大丈夫です」

わたしは、壁ぎわで答えた。

「こちらも問題ありません」

久住の声がした。廊下側の壁に寄り添って、心細そうに左右を見回している。

「うう……」

苦しげな声。全員の視線が窓辺に注がれた。氷神公一の車椅子が横転している。その脇《わき》に、枯れた老人の体が横たわっていた。

シズカが、素早く歩み寄って主人の状態を確かめた。

「どうされたんですか？」

わたしも心配になってシズカの背後に立った。彼女は、

「怪我《けが》が」

「だ、誰かが、わしを……」

老人は今にも消え入りそうな声を発すると、シズカに支えられて上体を起こした。洋

燈の光に照らされた顔は憔悴《しょうすい》していた。額の右側あたりに大きな傷があり、そこから血が流れている。

シズカが手当をしようと、布巾《ふきん》を傷口にあてた。痛みにうめいた氷神公一は、小間使いの手を振り払い、

「わしのことはいい。それより、美術室を確認しろ」

「美術室でございますか？」

「そうだ。鍵を、鍵を奪われた」

「すぐに戻ります」

シズカは、老人を横たえると、裾《すそ》をひるがえして戸口へ向かった。わたしも彼女の後を追って応接室を飛び出した。背後から、久住の足音も聞かれる。手に持った洋燈だけでは、じゅうぶんな光量ではない。そのはずなのに、シズカは躊躇《ためらい》も見せず、素早い動作で階段まで行き着いた。

手のひと払いで裾の乱れを正すと、滑るように螺旋《らせん》階段を上がっていく。わたしは全力疾走で追いかけたが、まったく距離が縮まらない。一気に駆け上がると、左翼の廊下を突き進んでいく。正直なところ、わたしはすっかり息が上がってしまった。

なんとか美術室の前でシズカに追いついた。呼吸を整えながら、

「どうなっていますか？」

「鍵がかかっています」

シズカは、扉の取っ手に手をかけていた。取っ手をひねってみるが、扉は施錠《せじょう》されていて開かなかった。

「なら、絵画は無事なんですね？」

「そうとは云いきれません。犯人は、この扉を開けることができる鍵を持ち去っています。灯りが消え、我々が一階で動けないころ、ここへやってきて絵画をどこかへ運び出したかもしれません。そうして、あらためて施錠をしておけばいいのです」

シズカの指摘はもっともであった。犯人にはそれをするだけの時間がじゅうぶんにあっただろうから。

「鍵がかかっているか、いないかは、中の状態を担保することにはならないわけですね」

「巧妙な反撃でございます」

シズカは、死人の唇を歪《ゆが》めて見せた。いや、彼女は嗤《わら》っている——

「反撃って、何に対する反撃ですか」

「見立て破りに対して、でございます」

シズカがそう指摘したとき、廊下の向こうからあらわれた者がいた。ようやく追いついた久住と、異常を感じて客室から出てきた角竹であった。

「どうなっている?」

角竹は、仮眠から起こされた怒りを、小間使いへぶつけた。シズカは、取り合う様子を見せなかった。わたしは、角竹に簡単な経緯を話した。銀髭《ひげ》の男の顔色が変わった。

「美術室の中を、絵が無事なのか確認する」

「待ってください。そうしたいのはやまやまですが、鍵がかかっているんですよ」

「そんなもの壊してしまえばいい」

「乱暴です」

諌《いさ》めたが、やはり聞き入れられそうもなかった。

「絵が失われていたら、すべて無駄になってしまう。確認すべきだ。誰が止めても、俺はやるぞ」

そう云って息巻くと、廊下に飾られていた青銅の像を手に持った。それは拳大《こぶし》で、危険な鈍器になり得た。角竹は、像を振りかざすと、美術室の扉へ向かって一撃した。鈍い物音とともに、木片が散る。

「——そう、確かめずにはいられない。そうせざるを得ない」

シズカは、角竹の狂態を冷たい目で見ていた。

何度も、何度も、青銅の像は扉に叩《たた》きつけられた。やがて、扉には拳大の穴が穿《うが》たれ、取っ手はひしゃげて床に落ちた。

扉を蹴破《けやぶ》って、角竹が美術室へ踏み込んだ。

わたしたちも後に続いた。

そこで待ち受けていたのは……

「見立て破りによって、密室に封ぜられた絵画。それに対して、はかりごとを元の状態へと戻そうとするくわだて——」

シズカのつぶやきが続く中、角竹が安堵《あんど》の声を漏らした。

「絵は無事だ！」

美術室は、施錠される前と変わらぬ状態であった。壁には久住正隆の絵がかけられ、上層が剝落《はくらく》しているのは、上条と司月の姉妹が描かれたものだけだ。

だが、それはまったく心休まるものではなかった。

「被害者自身によって、見立て破りを破るという行為。犯人は、灯りを消して鍵を奪い、直接手を下さず、それを為《な》し得た。これは——」

冷たく、シズカの言葉が響いた。

「——これは見立て破り返し。わたくしたちは犯人に踊らされたのでございます」

# 十二章　見立て論理の崩壊

わたしたちは、もう何度目になるのか応接室へと集まった。灯りが消えたことによって、散乱した皿や食物などは、シズカが手際《てぎわ》よく片付けた。負傷した氷神公一の具合は、さほど重篤《じゅうとく》なものではなかった。頭部を殴られて、出血していたものの、意識ははっきりしている。車椅子《いす》から一人掛けの椅子に移り、憔悴《しょうすい》した表情をしていた。

「御大よ、どういうことだ？　説明してもらおうか」

皆が、黙したままうつむいているのを見て、角竹が切り出した。

「事情は、もう聞いているようだが？」

「そうではない。鍵《かぎ》を取られたということだ。不始末の理由を説明してもらいたいと云《い》っているんだよ」

銀髭《ひげ》を震わせ、角竹は迫った。氷神公一は、その怒声が額の傷に響くようで、不快げに顔を歪《ゆが》めていた。

「虚を突かれたのだ。仕方あるまい」

「なんという失態だ。おかげで、美術室の扉を壊さなければならなかった」

「それを頑強に主張したのはお前であろう。実行したのもお前だ」

「そうしなければならなかった。絵の無事を確認しなければ、おちおち寝てもいられない」

悪びれもせず、角竹は弁解した。氷神公一は、角竹には構わずシズカへと視線を向けた。

「洋燈《ランプ》のほうは、どうなっていた？」

「燃料が切れただけでございました」

シズカは、部屋の隅でかしこまって答えた。すでに室内は煌々《こうこう》と灯りに照らされている。

「意図されたものかね？　それとも、偶然か」

「意図されたものでございます。わたくしは、邸内の洋燈にじゅうぶんな燃料を補充していました。それが抜き取られ、一定の時間が経《た》つと消えてしまうように仕掛けられていたのです」

「仕組まれた、というわけか」

「はい、さようでございます。犯人は、わたくしたちが美術室へ鍵をかけ、絵に手出しが出来ぬようにしたことへの対策として、我々自身の手によって美術室の扉を開けさせるように仕向けたのです」

シズカの説明に、重苦しい沈黙が流れた。

「これから、どうするのですか？」

おもむろに切り出したのは、意外にも久住であった。

「……絵を、始末してしまうというのはどうでしょう」

わたしは、もうそれしかないのではないかという気がしていた。災いの元はあの絵だ。わたし自身も、一度は保留すべきだと主張したが、間違いだったのかもしれない。さっさと絵を葬《ほうむ》ってしまえば、もう何も起きないのではないか。少なくとも、美術室の鍵は持ち去られ、扉は壊されているのだ。安全に保管しておくのは不可能だ。

「絵を始末するなどということには同意できない。どこかへ移すべきだ」

予想どおり、角竹が膝《ひざ》を叩《たた》いて反対論を述べた。氷神公一が諫《いさ》めるように、

「角竹よ、そうは云うがな。鍵が持ち去られた以上、館内のどこにも安全な場所などありはしないのだよ」

「いや、安全な場所はある。俺の部屋だ。鍵は、俺自身が二つとも持っているから、誰かが悪さをする心配はない」

確かに、角竹は元々与えられていた鍵と、鍵束から抜いた鍵の二つを持っている。彼の部屋は、この館《やかた》でゆいいつ施錠《せじょう》が行える部屋だと云ってよかった。

「……どうしたものかな？」

氷神公一は、忠実な小間使いへと視線を向けた。シズカは、

「角竹さまの部屋に絵を運び込んで施錠すれば、角竹さまご自身が犯人に狙《ねら》われる可能性があります」

「云ったはずだ。俺は体力に自信がある。よほど隙《すき》をつかれなければ、この場にいる誰にも遅れはとらない。それに、絵とともに俺自身が部屋へこもってしまえば、いかに悪知恵の働くやつであっても、手出しは出来ないだろう」

角竹は、己の力を誇示するように胸を張った。

「それならば、角竹さまご自身の潔白を証明していただく必要がございます」

「なに、俺が犯人だとでも云うつもりか？」

色をなして、角竹は小間使いをにらみつけた。

「そうではないという、確かな証拠はございません」

「ばかばかしい。俺は犯人ではない。なぜ、俺が上条や司月の姉妹を殺さなければならんのだ？　絵に見立てて、縊《くび》り殺さなければならん理由は？　他の者を狙って、同じように殺そうと画策する必要がどこにあるのか？」

「動機の問題は、この際、重要ではありません。それが行われていること、この場にいるいずれかの人間の手によるのが確実である、という事実がより重要なのです」

「犯人は決まっている。秋月か、久住だ。それとも、頭の良い小間使いが犯人か？」

「失礼ながら、それは何の証拠も、断定する材料もない憶測でございます」

「俺の主張が憶測なら、同じように俺を疑うのも憶測だろう」

「確定した証拠と、証明がなされなければ、嫌疑はすべての者に平等にかかります」

「ならば、俺自身が潔白を証明する必要もない」

角竹は取り合わなかった。

議論はかみ合わず、場には焦燥がただよった。氷神公一は、何度目になるか、茶を淹《い》れるように指示した。シズカは少し離れて紅茶の準備をはじめた。

「……御大よ、あの女には注意した方がいい」

角竹が、氷神公一に耳打ちしていた。

「あれは有能だ」

「莫迦《ばか》な、女はもっとも信用ならん生き物だ。忠実を装《よそお》っているが、あれも腹の内では何を考えているかわからん」

「だからこそ、面白いのだよ。あの女はな、流れの使用人だ。混沌《こんとん》の居留地では、行く先々で奇怪な出来事に遭遇するのだという。わしが興味を惹《ひ》かれ、雇う気になったのもそこにあるのだ。この名残館にふさわしい使用人だと、そうは思わんかね？　あの端整な容姿は、異人の血を顕《あらわ》している。それは呪《のろ》われた出自を想起させぬか？　であるならば、久住正隆に呪われたわしにふさわしい使用人ではないか」

「悪趣味だな。俺は、女にだけは注意する。どんなに美しかろうと、優しくて貞淑を装おうとも、女は裏切る生き物だ。信用できんのだよ――」

長椅子に座り直し、角竹は聞こえるよう不遜《ふそん》に云った。久住が嫌そうに眉《まゆ》を寄せた。

わたしも、不快だった。女性擁護者であるつもりはなかったが、それにしても聞くに堪えなかった。

「――二年前の久住もそうだ。あの小娘も、欲深い女だったよ」

角竹の漏らした言葉に、久住がさっと顔色を変えた。

激しく頬を打つ音。

立ち上がった久住が、右手をふるったのだ。

暴力になれていないのだろう、激情に駆られてふるった右手を抱き、久住は震えていた。呆然《ぼうぜん》と、相手を見やっていた角竹が我に返って激昂《げきこう》した。

「この女！」

角竹は立ち上がり、拳《こぶし》を握る。わたしは肩から角竹に体当たりした。角竹は、もんどりうって長椅子へ倒れ込む。

「うぬ」

顔を赤らめて、再び立ち上がろうと角竹が力んだところに、影が割って入った。

「諍《いさか》いはご遠慮下さいませ」

そう云って、シズカは紅茶の入った西洋茶碗《ちゃわん》を角竹の手に握らせた。角竹は、その熱さに顔をしかめて、卓へ西洋茶碗を置く。

「角竹よ、そのあたりにしておけ」

老人の声が、熱くなった場に水を差した。角竹は、銀髭に滴《したた》る血を拭《ぬぐ》って、ふんと鼻を鳴らした。「口が切れた。まったく、たいした女だ」

久住のほうは、まだ肩を震わせていたけれど、シズカが長椅子へ座らせて西洋茶碗を持たせた。

「妹を侮辱することはゆるしません」

「……そうだ、妹だった」

角竹は口元の血を拭った。髭は血を吸い、赤茶けて汚れていた。

「妹は、わたしを助けようとしたのです。将来のことを考えて、だからこそ、あなたがたのおかしな話にのってしまった。名残の会、秘された遺産。そんなもの、わたしは欲しくなかった……」

久住の目は赤かったが、涙は流さなかった。とうに枯れてしまっているのだろう。

「妹さえいてくれれば、ふたりでもどうにでもやっていけたのに。あの子が死ぬ必要がどこにあったのですか」

「あれは自殺だ」

「嘘《うそ》です！　あなたたちが殺したのよ」

立ち上がった久住を、シズカがそっと押し止《とど》めた。

「化けの皮が剝《は》がれたな。その逆恨みで、名残の会を葬ろうとでも考えたのか？」

角竹を、久住は唇を嚙《か》んでにらみつけた。

「……もう、よさんか。久住よ、二年前の事件は悲劇であったが、お前自身は納得したはずではなかったか。それで、名残の会へ入るのを了承したのだろう？」

老人の言葉を、久住は黙って聞いていた。わたしは、この久住という人のことが少し理解できた。彼女は、悪人ではない。遺産や、絵にこだわるのは、それが亡《な》くなった妹に繫《つな》がるからだろう。

「久住には動機がある。これは間違いないんだ」

角竹は、まだ毒を吐いていた。

「ご主人様、確認させていただきたいことがございます」

シズカが、全員に茶を配ってからそう云った。

「なんだね？」

「久住正隆の絵に秘密があるのは、これまでの経緯から察せられたことでございますが、隠された遺産といったことで間違いないのでしょうか？」

シズカの問いに、老人の顔は渋かった。

「……そうだ。名残の会の前身は、旧華族や士族から資金を集め、それを運用することで莫大《ばくだい》な利益を得た。その一部は、その時の政治的な事情によって秘匿《ひとく》されたのだ。資金の行方を知っているのは久住正隆のみだ。そして、やつは死の間際にこう云い放ったのだよ。


我が作品の中に、遺産を秘す。


だからこそ、我らはその中に遺産の手がかりを求めているのだ」

「であれば、動機の問題は簡潔に欲得とも判断できます。誰かが、遺産を独り占めすべく、他の面々を抹殺している。そう考えられるでしょう」

「はっきりしている。久住に、秋月、皆が欲しがっているんだ」

角竹が口を挟んだ。

「やはり全員に平等の動機があると考えて間違いないようでございますね。角竹さまも、例外ではありません。角竹さまの部屋に絵を移すというのは、悪い考えではございませんが、鍵を管理するのは不適切でございましょう」

シズカに指摘されて、角竹は喉《のど》の奥でうなった。

「では、どうしようと云うんだ？　鍵は、誰かが管理せねばならんだろう」

「わたくしが管理いたします」

一同の視線が、シズカへ集まった。角竹が納得できぬ様子で、

「莫迦な、全員に平等に動機があると云ったのはお前だぞ。お前も例外ではないのだ。俺がダメで、自分は良いという手前勝手が通ると思うか」

「いいえ、わたくしが適任者なのです。わたくしは、名残の会の人間ではございません。この場で、ゆいいつ無縁の立場にいるのです」

「何を云っている。遺産のことを知っていれば同じだ」

「仮にわたくしが、鍵の管理をして、絵によって見立て殺人が行われたとしましょう。その場合、わたくしは自ら犯人だと自白したも同然となります。鍵を奪われて、同じことが起こったとしましょう。わたくしが犯人でなく、被害者でもないなら、残った人数により犯人が明白に決定してしまうのです」

シズカの説明を、わたしはよく反芻《はんすう》して整理した。確かに、シズカが犯人でなく、被害者でもない場合、犯人と被害者は残りの者から出なくてはいけない。そして、残るのはわたし、久住、角竹、氷神公一だ。氷神公一は、歩行も困難な老人。平等な嫌疑とは云うものの、彼は除外すべきだろう。犯人にとって脅威なのは、抵抗が予想される壮健な人物だ。すなわち無力な者は、被害者としても当面除外される。残るのは三人。被害

者と加害者でふたりだから、一名が余ってしまう。これでは確定できないのではないか。

「残る一名は、問題ではありません。なぜなら、閉じた環《わ》の中で、自らの罪を隠し通せるのは、残りの人数が三人以上の場合だけです。疑うべき人間が、二人という場合は、自分が無実だということを知っている人間が黙っていないでしょう。犯人もそれはよく理解しています。容疑者の人数が二人になるのは、犯行の総仕上げの段階で、かなり慎重になります。少なくとも、わたくしが犯人と被害者から除外される状況において、犯行を行うのは自殺に等しいとわかっているでしょう」

「まてまて、前提におかしなところがあるぞ」

角竹が、手を振って制した。「鍵を奪われたのが自作自演という可能性もある、鍵を奪われてお前が被害者にならないというのもおかしい」

「自作自演の可能性はございません。わたくしが鍵を管理した場合、自作自演を防ぐ手だてを講じるからです」

「自作自演を防ぐ手？」

「人間金庫でございます。鍵は、わたくしが呑《の》み込み、皆さまでわたくしの両手両足を椅子に縛っていただきます。これで、わたくし自身は決して鍵を使用することができません」

「それでは被害者にならない理由は？」

「犯人は、見立て殺人にこだわっています。殺人は、必ず久住正隆の絵に見立てられなければならない。理由は不明ですが、この法則が正しいのだとすれば、わたくしだけが被害者にはなり得ないと考えられます。なぜなら、久住正隆は名残の会の面々を描いており、彼の絵に、わたくしが描かれていることはあり得ないからです」

　シズカの整然とした説明が染《し》み入るのに、しばしの時があった。

　反論はなかった。不遜な角竹、哀切に噎《むせ》ぶ久住、憔悴した氷神公一も何も云わなかった。わたしは、彼女の論理を、頭の中でもう一度点検してみた。答えは、やはり沈黙するしかなかった。とんでもない誤りのようでもあるし、真実に食い込み、わたしたちを救済する妙手であるようにも思われたからだ。

　ひとつだけ確かなのは、犯人は、常軌を逸した手段に固執している。そして、シズカだけがその犯人の思惑の例外だということだ。わたし自身もまた、久住正隆の手による絵画の中で縊れているのを疑っていない。だが、それが描かれたのは過去だ。より正確に云うなら、久住正隆は過去の名残の会の面々が縊れている様を描写したにすぎない。そこには、何か禍々《まがまが》しい呪詛《じゅそ》のようなものも感じられるが、この際、考慮の外においておくべきだろう。久住正隆が、たんに過去の名残の会の面々を描写したにすぎず、犯人が何らかの目的でそれを利用しているだけであれば、血のつながりもなく、名残の会とは関係がないシズカが描写されているはずがないのだ。

それだけは確かだ。

「良かろう、角竹の部屋へ絵画を移すのだ。鍵の管理は、シズカへ任せよう……」

氷神公一がそう結論づけた。

「では、さっそくそのようにはからいます」

シズカは一礼すると、角竹に向かって手を差し出した。

「角竹さま、お部屋の鍵をお渡し下さい」

「……いいだろう。だが、条件がひとつある」

「なんでございましょうか？」

「絵の搬出は、全員の監視の中で行うのだ。そうでなければ、何かの工作をされるかもしれない。絵を安全な場所に移しても、それでは意味がない」

角竹の提案にシズカは答えずに、氷神公一を見た。小間使いの主《あるじ》は、

「全員で監視しながら、絵を移すとしよう。まったく、難儀だな」

それで行うべきことが決まった。

角竹は、自分用の鍵と、もうひとつの鍵を取り出してシズカへ手渡した。

わたしたちは、応接室を出て二階左翼の美術室へ向かった。

二階への螺旋《らせん》階段は、氷神公一にとっての難所だ。角竹が老人を軽々と担《かつ》いで階段を上がり、シズカが車椅子を運び上げた。

そうして、美術室にやってくると、角竹とシズカが、慎重に壁にかけられた絵を外していった。

「……すでに見立てに使用された絵はいいのではないかね？」

氷神公一は、戸口のところから、角竹の作業の様子を見ていた。角竹が、上条と司月の姉妹が描写された絵も取り外そうとしていたので、そう口を挟んだ。

「だめだ。これは見立てなどという、おかしな目論見《もくろみ》だけを考慮して安全な場所へ移すのではない。財宝の在りかが隠されていると考えるからだ。すべての絵に、その答えがあるかもしれないのだから、一枚だって例外扱いはできん」

「用心深いことだな」

老人は、欲深な銀髭の男を嗤《わら》った。

久住は、廊下に立って作業を見つめていた。応接室で激してから、生気のない顔をしている。わたしは、彼女が心配になった。

「御大よ、そんなところにいられては、運び出すのに邪魔だ」

角竹は、一枚の絵を持っていた。美術室から運びだそうとするが、戸口に車椅子の老人がいるので躊躇《ちゅうちょ》していた。

「うむ……」

氷神公一は、車椅子に乗ったまま移動しようとしたが、怪我《けが》の影響か、手元がおぼつかない様子だ。シズカは、少し離れた位置で絵を壁から外していた。気がついた久住が車椅子を押して移動させようとする。

「ぐずぐずするな」

短気な角竹が、もう待っていられないというふうに絵を持って戸口へ向かう。車椅子が退いた隙間から出ようとした。久住が、「あっ」と声をあげた。

車輪に手を添えた氷神公一と、久住の動作が合わずに、車椅子がその場で向きを変えてしまう。そのちょっとした反転で、車椅子の手すりが、角竹の持っていた絵画に当たった。

「何をしている、気をつけろ」

角竹が怒鳴った。

シズカがふり向いて、何事かと注視した。

「慎重に取り扱わなければならない品だぞ」

そう云って、角竹は絵を持ち上げて確認した。そうして、喉の奥でうなった。絵の端のところがひび割れて、表層の一部が剥落《はくらく》していた。床に、乾いた顔料が落ちている。

その場にいた全員が息を呑んだ。

「見ろ、傷がついてしまった——」

角竹が顔を紅潮させ、怒鳴り散らそうとしたときだ。

シズカが、素早くやってきて、角竹の手から絵を取り上げた。角竹は、驚いた顔をして小間使いを見た。

「何だ、いきなり」

そう問うたが、シズカからの答えは無かった。彼女は、じっと食い入るようにして、傷ついた絵を見つめている。そこに描写されているのは、水平線の彼方《かなた》に太陽が姿を見せている、名残丘の風景だ。朝焼けであるとも、夕焼けであるともとれる。傷ついたのは、ちょうど下側の隅のほうで、砕けた風景の下に、隠された絵の片鱗《へんりん》が見てとれた。

「やはり、何か下層に隠されているんですか？」

わたしは、気になってシズカに聞いた。それでも、シズカの返答はない。

「なんなのだ。運び出している最中だぞ」

角竹が、いつまでも答えを返さない小間使いに苛立《いらだ》った様子を見せた。

「どうかしたかね？」

氷神公一が、シズカに聞いた。久住も注目していた。

全員の視線が集まる中で、シズカは顔を上げた。

次にシズカがとった行動は、誰の予想をも超えていた。

床に落ちていた包丁——司月の絵の表層を、犯人が剝がすときに使ったものだ——を拾い上げると、それを絵に突き立てたのだ。

「気でも狂ったのか！」

角竹が、怒声を発して小間使いに掴《つか》みかかった。シズカは、銀髭の男から身をかわし、片手で突いただけで彼に尻餅《しりもち》をつかせた。そうしてから、絵にもう一度刃物を突き立てる。絵を破こうとしているのかと、そんなふうにも思われたが、そうではなかった。

刃《やいば》の背を画布に突き立て、何度も刮《こそ》いでいる。

絵の表層の破片が、床に散った。

皆がシズカの意図を察し、それでいて疑問に思わずにはいられなかった。

なぜ、どうして下に隠された絵を確認しようとしているのか。

シズカは、黙々と、刃物を絵に突き立て、刮ぎつづけた。

そうして、すっかり表層が取り払われた。

わたしは震えた。

何度も恐ろしいと思った。奇怪な論理がはびこり、絵に見立てられ、縊れた死が横溢《おういつ》する館にあって、もはや感情は麻痺《まひ》したのではないかとさえ考えていた。だが、本当の恐怖はそんなものではなかった。

これまでの出来事には、奇っ怪さはあっても、現実的な理屈をつけることが、なんとか可能であった。わたしは、それにすがっていたのだ。これはこの世の出来事であり、だからこそ、己の知恵や力によって事態を打開できる。そうした前向きな意思と、残された楽観的な希望とが、すべて打ち砕かれた。

説明が出来ない。

こんなことはあり得ない。

あり得るはずがないのだ。

シズカは、ゆっくりとした動作で、その絵を壁にかけなおした。

全員が言葉もなく、それを見た。

そこに描かれていたのは、本当の地獄であった。

表層の風景が刮ぎ取られ、傷だらけの下層があらわになっている。暗い空間に、ひとり縊れている人物がいる。四肢から力が失われ、だらりと吊《っ》り下がった姿。

縊れているのはシズカだった。

過去に描かれたはずの絵画。そこには、絶対にシズカだけは描かれているはずがなかった。そんなことが起こるとすれば、本当に久住正隆が未来を幻視していたとしか考えられない。この世の法則ではないのだ。

シズカは、絵を見つめたまま表情を崩した。

嗤っているのではなかった。彼女は微笑していた。

「Хорошо《ハラショー》（素晴らしい）」

# 十三章　逆襲の見立て返し

わたしたちは、言葉もなく応接室へ戻った。時刻は午前三時を過ぎている。まだ夜は明けていなかった。疲れているが、眠くはない。今、寝台へ横になって目を閉じれば、悪夢にうなされるだろう。そう考えると、休む気にもなれない。もっとも、命を狙《ねら》われる中で、安穏と横になるのは自殺行為だ。

他の面々の顔にも、疲労が色濃かった。精力的な角竹も、頬がこけている。久住は顔色が蒼白《そうはく》で、今にも倒れてしまいそうだ。氷神公一は、車椅子《いす》に体を預け、指一本動かすのもおっくうな様子だ。

そして、シズカは――

動揺しているようではなかった。その白い顔に疲労は感じられない。誰も手をつけないとわかっているにもかかわらず、粛々と茶の準備をしている。久住正隆の絵に描かれた、縊《くび》れた自らを見て、彼女は何を思っただろうか。少なくとも、表面的な態度からはそれをうかがい知ることはできなかった。

「目論見《もくろみ》は壊れた――」

氷神公一は、しわがれた声をしぼり出した。「――シズカが被害者になると、そのように絵に描かれているのだから、鍵《かぎ》の管理者とはなり得ない。殺されれば、鍵を奪われるのは必然だからな」

「どうするんだ？　あのままにはしておけないぞ」

角竹は、二階の様子が気になるようであった。美術室に絵を残したままにしているのが落ち着かないのだろう。鍵の管理者が決定しないまま、絵を移すことは出来なかったから、これは仕方がなかった。

「さて、どうしたものか……」

「やはり、俺だ。俺が鍵を管理すべきなんだ」

角竹は、あらためてそう主張したが賛同者はなかった。

わたしたちは互いに視線を交錯させて、心の内を探ろうとしていた。妙案はなく、誰も信用できなかった。運命にすら、見放されていた。絵に描かれた、シズカの縊れた姿は、抗《あらが》いがたい力でもって、わたしたちを絶望の縁へと立たせたのだ。

「ひとつ、確認しておくべきではありませんか」

久住が、か細い声を発した。皆の注目が集まった。

「なんです？」

「シズカさんの出自です。本当に名残の会の面々とは関係がないのでしょうか。そうでないとは、にわかに信じがたいのですが……」

　久住の指摘は冷静であり、もっともなものだった。わたしは、その可能性を失念していたことを恥じた。そうだ、もしも、シズカが名残の会と関係があったとすればどうだろうか。食堂の写真に、シズカに似た人物は写っていなかったが、あれが会を構成した人のすべてだとは云《い》いきれない。もしかすると、隠された繋《つな》がりがあるかもしれない。

　すがるように、シズカへ視線が集まった。

「名残の会との関係はございません」

「ですが……」

「わたくしは、ここに雇われの身としております」

「親の代までさかのぼって、関係がないと云いきれますか？」

「云いきれます。わたくしはそういう存在なのです」

「ご本人が知らないだけでは？」

　久住はねばり強く質問したが、シズカは、

「もしも、わたくしと血縁にある者が名残の会に所属していたのだとすれば、ご主人様が知らないはずがありません。そうでございますね？」

「いなかった。名残の会発足時の面々は、あの食堂に飾られている写真に写っている者がすべてだ」

氷神公一の言葉で、久住は沈黙せざるを得なかった。

誰もが黙り込む中で、わたしはそれでも答えが欲しかった。

「……では、あの絵はいったいどういうことなんでしょうか。なぜ、過去に描かれたはずの絵に、貴女《あなた》が……」

シズカは、答えを返さず黙り込んでいた。あれが犯人のたくらみだとして、はたしてそんなことが可能だろうか。まったく理屈に合わないように思えてならなかった。

「絵を始末してはどうでしょうか？」

「……もうひとつ、方法がございます」

シズカが、沈黙を破った。わたしはすがる思いで、

「どんな方法です？」

「犯人は見立てにこだわっている。すべて定められているのです。わたくしの死をも予見し、予定しているのだとすれば、この場の全員が例外ではないでしょう。狡猾《こうかつ》にたくらまれ、どんな隙《すき》をも見逃さずに実行されるでしょう。

閉じた環《わ》の中で、殺人犯人から自らを守るというのは、口で云うほど容易《たやす》くありません。人間は、一時も気を緩めず、緊張を保っていられるような生き物ではないのです。どんな人間も、必ず弛緩《しかん》し、油断の生じる瞬間があります。犯人は、それを待てばいい。

ただ、じっくりと待つ相手に、素人《しろうと》の警戒など無意味な行いでしょう。

だから――」

シズカは、窓際《まどぎわ》まで歩いていった。くらい空を見つめて、その表情を隠した。

「――だから、対抗するのです。待っていれば、死ぬるのみ。犯人がたくらむ見立てを打ち破り、その目論見を崩すのでございます」

「具体的に、どうするのですか？」

「犯人は見立てによって被害者を決定しています。久住正隆の絵に描かれたとおりに、殺人を実行している。それを逆手に取るのです」

「逆手に取るとは、簡単に云いますが……」

これまでも思惑は何度も砕かれた。犯人に通じる一手はあるのか。わたしは、シズカの言葉を待った。

「上条さま、司月のお嬢様方、三人ともが縊れた姿で、絵に描かれていました。これは、被害者があらかじめ決定していることを意味しています。運命、あるいは人間的な動機であっても構いません。死ぬると定められている。それが重要です。わたくしも例外ではございませんでした。あの絵は、わたくしを被害者として決定していたのです。

被害者と決定されている。

それは重要な事実です。なぜなら、被害者は加害者ではあり得ないという、ごく簡単な理屈によって無実の証明を得られるからでございます。

ここでもう一度、何度もくり返されている点を強調しておきます。犯人は必ず見立てのとおりに殺人を実行する。そうして、それは久住正隆の絵によって行われるのです。久住正隆の絵には、縊れた被害者が描かれている。殺人犯人以外の、無実の人間が描かれているのです。答えはそこにあるではありませんか。見立てが絶対の法則であると、そのように犯人が信じ、そのようにはかっているのだとすれば、明白ではございませんか。

見立てであるがゆえに、見立て殺人であるがゆえに。

見立ての内容を見ることによって、殺人犯人と、無実の被害者を見ることが出来るのです。わたくしたちは、犯人の意図を正確に理解して、それに対抗する手段を持っています。すなわち、久住正隆の絵を見て、そこに描かれていないものが殺人犯人なのです」

シズカの言葉に、皆が呆然《ぼうぜん》と表情を失った。

「久住正隆の絵は、三枚が表層を剝《は》がれて暴《あば》かれました。絵の残りは三枚。そして、絵に描かれているか不明の人物は、四名。もうおわかりでございましょう。残りの絵の表層を剝がすのです。そうして、被害者を割り出す。それによって犯人が判明します。見立て殺人を逆手に取った、見立て返し。それしか対抗手段はございません」

緊迫が、空気にまで伝わった。

わたしは知っている。この場には、必ず殺人犯人が存在する。その人物は、今のシズカの言葉を聞いて、いったい何を思うだろうか。自らがこだわった見立てのはかりごとによって、自らの首を絞める結果となるのをどう考えるだろう？　動揺をあらわにする者はいるだろうか？　シズカはそれも意図して、このような宣言をしているにちがいないが、このまま黙っているわけがない。そう警戒すると――

「反対だ」

角竹が、怒声をあげた。「名残の会は、久住正隆の絵を保持するのが目的ではなかったのか。絵の表層を剝がすなどというのは、趣旨に反する。そこの小間使いが、勝手に絵の表層を剝がしたことですら、万死に値するのに、これ以上、絵を傷つけることなどあってたまるものか」

勢い込んで、角竹は立ち上がった。額に青筋を浮かべて、血走った目でシズカをにらみつける。今にも飛びかかっていきそうな気配だ。

「角竹よ、待て」

「御大よ、あんたはいいのか？　長年、保持してきた久住正隆の絵を破損させると、この女は云っているのだ。もしも、表層に遺産の秘密があるのであれば、思惑はご破算だ。それはわかっているはずだぞ」

「理解しておるよ。……他の者の意見は？」

氷神公一は、久住へ視線を向けた。彼女は、

「……気がすすみませんが、絵の表層を剝がすべきでしょう。そうしなければ、あらたな犠牲者が出るかもしれません」

消極的な賛成をした。次に、氷神公一はわたしへ視線を移した。

「秋月はどうかね？」

「わたしは、絵の権利を持っているわけではありません。状況から、この場に居合わせていますが、名残の会へ入ると決めたのでもない。だから、決めるのだとすれば、絵の所持者であるあなたが決めるべきではないでしょうか」

「理屈だがね、今は答えを求めているのだよ。この場にいるもの、囚《とら》われし者の意思が、どうあるべきか、だ」

「わたしは――」

躊躇《ちゅうちょ》して、皆を見た。角竹は、わたしに反対するよう期待して、威圧的な眼差《まなざ》しを向けてくる。久住は視線をそらした。シズカは、驚くほど澄んだ瞳《ひとみ》で、こちらを見つめていた。その瞳には、わたし自身が映り込んでいた。

わたしは、囚われ、環の中へ閉じ込められ、非現実的な出来事に責め立てられる。その理不尽さに憤《いきどお》っていた。何者かに仕組まれた出来事なら、その者への反抗の意思はあ

きらかであった。

　逆襲すべきと決めた。

「絵の表層を剝がしましょう」

「これで、秋月と久住のふたりが、絵の表層を剝がすことに賛成した。さて、わしの意見であるが――」

　氷神公一は、皆を見回した。

「――絵はあきらめよう」

「御大！」

　角竹は、怒声でもって威圧した。翻意をうながそうと、老人をにらみつけるが、氷神公一は取り合わなかった。他に賛同者がおらず、自らが孤立無援であると理解した銀髭《ひげ》の男は、憤然と身を翻《ひるがえ》した。

「どこへ行く？」

「決まっている。絵を、俺の部屋に移すのだ」

「勝手はゆるさんぞ」

「御大よ、あんたには失望した。俺が従っていたのは、御大が遺産を得て、名残の会へ還元すると信じたからだ。それをあきらめるなどと、これ以上は付き合いきれない」

「絵は、わしのものだ」

「それこそ勝手だな。久住正隆の絵は、名残の会が保持しているものだ。あんただけの自由にできるものではない」

そう云うと、角竹は、シズカへ向かって右手を差し出した。「鍵を返してもらおう。もうひとつのほうもだ」

「この館《やかた》の主《あるじ》は、氷神公一さまでございます。客室は主が貸し与えたのです。あなた様に鍵をお渡しする理由はありません」

シズカは、そう答えて氷神公一の背後に移動した。角竹は、

「ならば、必要ない。絵を部屋へ運んでいって、扉は中から釘《くぎ》でも打ちこんで封鎖してしまうとしよう。俺もそこに籠城《ろうじょう》して、小賢《こざか》しい犯人が出ていくまで待つのだ」

「籠城などして、意味があると思われるのですか？　犯人はあきらめるなどということはないでしょう。部屋にこもった獲物《えもの》を、じゅうぶんに吟味した策略でもって燻《いぶ》り出すだけです。御身を窮地に陥《おとしい》れる愚行でございます」

「だから、絵の表層を剝がしてしまえというのだろう？　出来ぬ相談だ」

「角竹さまは、絵の表層に遺産の在りかに関する秘密が隠されている。その可能性があるからこそ、反対されているのですね？」

「当たり前だ」

「その可能性はないと断言いたします」

「なに？」

角竹は、その真意を質《ただ》すべく、小間使いに向き直った。

「どうして、そう云いきれる？」

「久住正隆の意図でございます。仮に、遺産の行方を絵画の中へ封じるとしましょう。それは宝の地図がそうであるように、誰かに隠し場所を伝える、もしくは示唆《しさ》するものです。そう簡単に破損するようなものであってはならないのです。年月に耐え、秘密を理解する者へ伝える。そのような主旨にそって考えると、あの絵の表層には重大な欠陥があるのです。そう、久住正隆の絵の表層は、剥落するように意図されています」

シズカの言葉に、角竹はうなり声を発した。

「年月の経過などによって剥落《はくらく》し、壊れてしまうことを想定した宝の地図などあるわけがありません。それでは意味がありません。久住正隆の絵に遺産の在りかが秘されているならば、それは表層面ではないのです」

「確かに、その通りだ……」

角竹は、先ほどまでの勢いを失っていた。

「であれば、絵の表層を剥がすことにご同意いただけますか。それは、遺産の行方を探す上で、何ら障害にはならないでしょう」

「俺を懐柔するための方便ではないだろうな？」

角竹は、疑り深く小間使いの顔を覗《のぞ》き込んだ。

「方便などではございません」

「……いいだろう」

長考した末に、角竹は結論を出した。「だが、絶対に下層まで傷つけることはゆるさん。それから、もしも小間使いの言葉に嘘《うそ》偽りがあれば、その責任は、御大よ、あんたにとってもらう」

「構わん」

老人はうなずいた。生気のない顔で、シズカへ、

「後は任せる。美術室へ行って、絵の表層を剝がし、下層に何が描かれているのかを確認するのだ」

そうして、深く息をついた。

「わしは疲れた。しばらく休んでいる……」

氷神公一は応接室に残った。

わたしたちは、決定した方針に従って美術室へと向かった。応接室から出て、廊下から室内を見ると、氷神公一は窓際で外を眺めていた。暗くうねる海に、老人は何を想《おも》うのか。飽くことなく、ただ視線を水面へ落としていた。

『名残はあるか？』

ほんの数時間前に聞いた言葉が蘇《よみがえ》った。氷神公一は、いったい何を求めているのだろうか。老人の背を見て、わたしはそんな疑問に囚われた。角竹のように遺産の在りかを求め、久住正隆の絵を欲したとは考えにくい。金満家で、老い先短い彼にとって、遺産は大きな意味を持たないだろう。だとすれば、いったいどうして名残の会に固執したのか。久住正隆の絵を欲した真の理由とは何なのだろう。

老人は車椅子の上で身じろぎした。空の彼方《かなた》に、光る雷光を見て、秘《ひそ》やかなつぶやきが漏れた。

「嵐《あらし》が過ぎ去ろうとしている。だが、それは平穏の訪れではない。次の嵐が来る予兆なのだ。まだ早い。まだ影は去ってはいない……」

葡萄《ぶどう》色の長衣に身を包んだ老人は、そうしてゆっくりと天を仰いだ。

「まだ終わらぬ……」

# 十四章　逆襲の見立て返し崩し

二階左翼の廊下を歩きながら、わたしは不穏な空気を感じていた。どこがどうとは、うまく云《い》えないが、これまでとは違う。館《やかた》の内部に変化があるわけではなく、ただ、感覚的なものだ。その正体が何なのか、考えあぐねていると、

「嵐《あらし》が治まってきましたね」

久住が、廊下の窓から外を見て云った。

「そういえば、静かですね」

いつの間にか、雷鳴は遠くなっていた。あれほど吹き荒れていたはずの風の音も、今は聞こえない。それは安心をもたらす静けさではなかった。きんと耳鳴りがして、不愉快な無音領域だ。

「急いで絵を確認いたしましょう」

先頭を行くシズカも、何かを感じとったのだろうか。足早に進んで、美術室の前に立った。扉を開けて、室内を確認する。その体の動きが止まった。

「どうかしたのか？」

角竹が呼びかけた。シズカは頭を振り、

「先手を打たれたようです」

「なんだと？」

角竹が美術室へ踏み込んだ。わたしたちも後に続いた。美術室から客室へ運び出すために、久住正隆の絵は、美術室の壁ぎわにまとめていた。今もその場所には絵が立てかけられている。

「何があったって云うんですか？」

「絵が破損しています」

シズカの言葉に、角竹がはっと顔色をかえて立てかけられた絵に飛びついた。一枚の絵が、無残に引き裂かれていた。これでは何が描いてあったのかわからない。

「被害は一枚だけで、他の絵は無事なのですね」

「そこにあるのは表層の剝がされた三枚の絵と、まだ表層の剝がされていない一枚だけでございます」

シズカの言葉にわたしは絶句した。

「つまり――」

「一枚が持ち去られた！」

角竹が怒気をあらわにした。「誰だ、誰の仕業だ」

もちろん、答える者がいるはずがない。困惑の目で互いを盗み見るばかりだ。

「……わたくしたちが、先ほど美術室へ入ったときには、確かにすべての絵がここにありました。それから、美術室を出て応接室へ戻り、再びここへやってくる。その間に、絵を引き裂き、さらに美術室から絵を持ち出す可能性のある人物――」

「皆が一緒に行動していたときです。そんなことは不可能ではないですか？」

わたしは混乱していた。そうだ、確かに応接室では皆で一緒にいた。だれかが美術室まで行って、絵を破損し、もう一枚を持ち去るなんて真似《まね》は出来ないはずだ。

「――そうでもありません。美術室を出るときには、わたくしたちはかなり動揺していました。誰が、どんな順番で応接室へ帰ったのかを、はっきりと憶《おぼ》えておられますか？」

シズカの問いに、皆が首をふった。わたしも憶えていなかった。シズカが絵の表層を剝《は》がし、そこに描かれていたものが顕《あらわ》れた精神的な衝撃は大きかった。そうした状況で、互いを監視しているわけもない。個人の行動は不明だ。

「だから、さっさと客室へ移してしまえば良かったのだ」

角竹が、苛立《いらだ》ち、足踏みして悔しがった。

「後悔をしても仕方がありません。起こった出来事に対して、何らかの対応をしなければなりません」

「どうするんですか？　絵が一枚失われ、一枚は行方不明になってしまった」

わたしも失意は大きかった。絵を確認して犯人に関する糸口をつかみたかった。そうしていれば、少なくとも状況に変化があったかもしれないのだ。

「絵を探しますか？　どこかに隠されているはずです」

「いいえ、それは徒労に終わるでしょう」

シズカは、絵の捜索に否定的な態度だ。角竹がそれに食ってかかった。

「なぜだ？　犯人は、我々の隙《すき》を見て、絵を持ち去っただろうが、時間はそれほどかけられなかったはずだ。ほんのわずかの時間で隠せる場所など、限られている。捜索はそれほど難しくないだろう」

「いいえ、犯人もそのくらいは見越しているでしょう。かなり慎重に隠したはずです。絵の捜索に労力を取られて、隙を見せたくはありません」

「それならどうしろと……」

「気になることがあります」

そう云って、シズカは美術室に入り、立てかけてあった絵を確認した。

「何が気になるんですか？」

「この絵でございます。犯人は、一枚の絵を持ち去った。表層の剝がされた絵を残していったのは理解できます。それはもう見立てに使用された後で、利用価値の無いものでしょうから。ならば、この残された一枚は何なのでしょうか」

シズカは、残された一枚の絵を手に持って調べた。それは夜の名残丘を描写した風景画だ。夜闇《よやみ》に沈む丘の上に、星々が千々に輝いている。何事かを考え、絵を見ていたシズカは、そこで動きを止めた。

「どうかしましたか？」

「企《たくら》まれたようでございます」

シズカは、床に転がっていた包丁を拾い上げた。それで、またも絵の表層を剝がしにかかった。刮《こそ》いで、次々と表層が剝離《はくり》していく。やがて、あらわれたのは背筋を凍らせる光景であった。

犯人は、いったい我々をどれだけ弄《もてあそ》ぶつもりなのだろうか。対抗すれば崩され、逆襲を試みれば返される。

そこに描かれていたのは、ひとりの男だ。

最初は、誰なのかわからなかった。しかし、食堂に飾られていた写真、名残の会の面々に、確かにいた人物であった。それは若き日の姿――

――氷神公一が縊《くび》れていた。

「見立てから、被害者を割り出し、そこにいない犯人を特定する見立て返しを、さらに逆手に取った。必ず、見立てを確認しに来るはずだという予測によって対策された。これは見立て返し崩しでございましょう」

シズカが、そう告げた時だ。

破砕音が館内に響いた。

わたしたちは、半ば確信していた。そのように企まれ、そのように意図されているのであれば、何が起こったのかを想像するのは難しくなかった。

シズカが廊下を走る。わたしたちも後を追った。

そうして応接室へ戻った。

ぬるい風が頬をなでた。潮気をたっぷりと含み、南からやってきた嵐の匂《にお》いがした。

応接室の窓にはまっていたぎやまんが一枚割れ、そこから外気が流れ込んでいた。

「ご主人様」

シズカが、発した声に応《こた》える者はなかった。窓際《まどぎわ》の位置に、車椅子《いす》だけが残されている。そこに座っていた老人の姿はない。

雷光が空を明滅させた。それは、去った嵐ではなく、やってくる嵐であった。散ったぎやまんの破片が、真紅の絨毯《じゅうたん》の上で、星々の煌《きら》めきのように光った。わたしたちは、声もなく立ちつくした。

ぎしり、ぎしりと、音がした。

「ああ……」

久住が、顔をおおった。その何かを吊《つる》したものが軋《きし》る音は、わたしたちに突きつけられた絶望であった。答えはわかっている。それでも、確認せずにはいられない。シズカが、窓に向かってゆっくりと歩いていった。

側にあった洋燈《ランプ》を手にとり、シズカは窓から下を覗《のぞ》き込んだ。表情に動きはなかった。わたしも割れたぎやまんに注意しつつ、下を見てみた。

窓の外は、ほぼ垂直に下へ向かって切れ込んでいる断崖《だんがい》だ。下は岩礁《がんしょう》で、黒々としたうねりが岩に叩《たた》きつけられ、ときおり飛沫《しぶき》を散らしている。その岩礁と館の中空に、何かが吊り下がっていた。

ぐったりと脱力して、ぶらぶらと揺れていた。葡萄《ぶどう》色の長衣を着ていた。

「御大、この最期《さいご》は哀れだな……」

角竹が、下を見てつぶやいた。

「いったいどうやって……」

わたしにはわけがわからなかった。犯人はこの中にいるはずではなかったのか。氷神公一を除く全員が、一緒に美術室へ移動した。単独行動の時間はなかった。そうであるのに、どうしてこのような真似ができるのだろうか。

「ご覧下さい。これは罠《わな》の類《たぐい》でございます」

「罠？」

わたしは、シズカが示した室内側の窓枠のあたりを確認した。暗くてわかりづらかったが、画鋲《がびょう》のようなものが打たれていた。

シズカは冷静に、

「自動式首吊り装置。仕掛けは簡単でございます。縄で輪をつくり、それを窓枠にそって貼《は》り付けておきます。縄は外で屋根か、雨樋《あまどい》あたりにまで伸ばし、そこに用意した適当な重りに結びます。

重りに結びつけた縄は、さらに伸ばし、じゅうぶんな長さを確保してから縦樋に結びつけておくのでございます。

後は、窓の上部に天蚕糸を付けておいて、それを重りと結ぶ。これだけです。被害者が窓を開くと、上にある重りが均衡を失って落下し、窓から出た首に縄の輪がかかる。

そうして、重りの落下とともに首が絞まります。重りにじゅうぶんな重量があれば、そのまま抗《あらが》えずに下へ引かれて落下するという寸法でございます」

「それなら、吊られることはないんじゃないですか？」

「輪と重りの中間に、もう一本縄を結んでおいたのでしょう。それを強度のある場所に結んでおけば、重りに抗えず落下した被害者は首吊り状態になります。……無駄な手間ではありますが、見立てを実現するには必要だったのでございましょう」

「これがあらかじめ仕掛けられたものなら、どうして被害者は氷神公一氏なんですか？他の誰であってもいいはずです。無差別に狙《ねら》うなら、見立ては意味がない」

「あらかじめ仕掛けられ、企まれていたのです。主《あるじ》の行動をよく見ていれば、誰でも気がついたでしょう。あの方は、海にご執心でした。好きとか、嫌いとかではなく、海に魅入られていたのです。この場所で、海を見ていることが多かったのです。それを知っていれば、被害者を想定するのは難しくないでしょう」

「いや、氷神公一氏は窓を開けています。たとえ、この位置で海を見ていることが多かったとはいえ、窓を開けるという行動まで想定するのは無理でしょう」

「それは簡単でございます。主の興味を惹《ひ》くよう、車椅子の視線の位置、窓に紙でも挟んでおけばいいのです。そう、たとえばこのように――」

シズカは、ぎやまんの破片が散らばった床から、一枚の紙片を拾い上げた。それは真紅の色紙だ。わたしは、犯人の狡猾《こうかつ》さに震えた。

「引きあげましょう。吊したままにしておくのは、あまりに不憫《ふびん》です」

久住の主張はもっともであった。わたしと角竹は、暗い顔で見合ってから外の縄をたぐり寄せようとした。

しかし、軋んで揺れていた縄に手が触れた瞬間、それはぶつりと音をたてて千切れてしまった。葡萄色の長衣をはためかせながら、死者は暗い岩礁へと落下していった。

「仕方ない。力仕事が減ったと考えよう」

冷血にそう云うと、角竹は踵《きびす》を返した。

シズカは、死者を吊っていた縄をたぐり寄せると、その切れ端の断面をよく観察していた。わたしは彼女が何を考えているのか気になった。

「どうかしましたか？」

「たいしたことではございません」

そう云いつつも、シズカの切れ端を観察する目は鋭かった。わたしも注目してみた。縄の断面は、半分ほどがほつれていて、残り半分が綺麗《きれい》に切断されていた。

「……残っているのはわたしたちだけです」

久住が、うなだれて長椅子に座った。割れた窓から、雷鳴が何度も聞こえた。ぬるい風の渦巻く中、わたしたちは互いを見つめあった。

「シズカさんは犯人でないのだから、残り三人の中に犯人がいるということになります」

「度し難いお人好《よ》しだな。俺には、誰もが怪しく思えるぞ」

角竹は、鼻で笑った。

「しかし――」

わたしは、シズカを見た。彼女なら、何か良い考えがあるのではないか。この状況において、光明を見出《みいだ》せるのではないか。逆襲の手立てを、また示してくれるのではないか。そんな期待があった。

だが、シズカは口を開かなかった。そこにいた主のように、黙々と窓の外、海を見つづけている。そこでそうしているのが、仕えた主に対する忠誠の証《あか》しであるとでも思っているのだろうか。

「……本当に？」

彼女の口からかすかな疑問が漏れる。その言葉の意味は？

夜の闇深い、岩礁へと落ちていった被害者は何を想《おも》うか。そこで冷たい骸《むくろ》となって横たわる我が身を哀れみ、そうした運命へと蹴落《けお》としたものを憎悪《ぞうお》しているにちがいない。

風の音が、死者の声のように不気味に聞かれた。

ざわりと、風にシズカの前髪が揺れた。

「あと二人……」

シズカの、色のない唇がつぶやいた。

それは、無視できぬ響きでもって、わたしたちを恐怖させた。久住が、青白い顔を上げた。角竹が、不遜《ふそん》をあらわにして顔を歪《ゆが》めた。

わたしは、ただ、巻き込まれた事態の理不尽さと、あまりにひどい仕打ちの中で、さまざまな感情のうねりに翻弄《ほんろう》された。いったい、どうしてこんなことになってしまったのか。これが父から受け継いだ血のせいなら、いっそ捨ててしまいたかった。

シズカは、皆のそれぞれの感情を受けて、ふり向いた。そこには、どんな動揺もなかった。達観すらなかった。一切の無感情があった。こうした事態になっても冷静そのものだ。

「あと、二人、死にます」

容赦なく、云った。

# 十五章　見立て動機の崩壊

　夜はなかなか明けなかった。この館《やかた》だけ時が止まっているように朝が遠い。わたしが待望すればするほど、時間の流れは遅く感じられてならなかった。

　応接室の面々は、暗い顔のまま沈黙していた。さすがのシズカも、もう茶を淹《い》れようとはしなかった。窓際《まどぎわ》に立ったまま海を見つづけていた。

「聞いておきたいことがあります」

　そんな中、久住が切り出した。皆の注目が集まる。

「角竹さん、あなたにです」

「俺に？　いったいなんだ？」

　指名された角竹は、いぶかしげに相手の顔を見やった。

「できれば、氷神さんの口から聞きたいと思っていました。でも、あの人はとおりいっぺんの話をするだけで、真相を明かしてくれませんでした。わたしが知りたいのは、抽象的なことではなく、具体的なことなのです」

「何の話だ？」

角竹は、警戒したようだ。

「二年前の話です」

久住のひとことは、角竹の態度をいっそう硬化させた。

「しつこい女だ」

「妹は、なぜ死んだのですか？　もう明かしてくれてもいいでしょう」

「知らん。俺は、お前の妹の死の真相など――」

角竹は、途中でぐっと呑《の》み込んだ。久住の瞳《ひとみ》が、強い光で角竹をとらえていた。

「あなたが死ねば、それは永遠の謎《なぞ》になってしまいます」

「次は俺だとでも？」

皮肉るようにそう云《い》ったが、内心の動揺はよくあらわれていた。この銀髭《ひげ》の男もまた、死の恐怖と無縁ではない。どんなに不遜《ふそん》に振る舞っても、畏《おそ》れているのは同じだ。

「聞かせてください」

「云う必要がどこにある？　俺が話して、何の得があるというんだ？」

そう勘ぐった角竹は、ふと何か思いついたふうに、「そうか、それが狙《ねら》いか」

「どういう意味ですか？」

「お前が犯人だとすれば、動機の点ではまったく申し分がない」

「わたしは犯人ではありません」

久住は、心外だというふうに否定した。

「そうかな？　俺には、お前が一番怪しく思えてきたよ。なぜ、今になってそんな話をするんだ。御大は、お前をあしらうだけで、二年前の話をきちんと聞かせようとはしなかった。追い込まれた状況で俺に迫れば、話すのじゃないかと、そんなふうに期待したんじゃないか？」

「もし、それで話すなら、わたしは犯人と同じことをしたでしょう。でも、わたしは犯人ではありません」

「語るに落ちたな。犯人と同じことをするか、それをためらわないわけだな。殺人を厭《いと》わないのだ。妹の復讐のためならば」

角竹のほのめかしに、久住の目がいっそう鋭さを増した。

「やはり、何かあったのですね？」

「話さぬよ。俺は、生きてここを出るつもりなのだ。お前にその話をすれば、きっと面倒になるからな」

「それでも話していただきます」

「どうやって？　脅しても無駄だぞ」

角竹は嗤《わら》った。久住は、そうして切り出した。

「この中に、犯人がいますね？　殺人をした人が、必ずいるんです。その方は、見立てをして、人の命を奪っている。絵に描かれたとおりに、そうしている。わたしも、絵に描かれているんでしょう？　なら、そうすればいいんです。わたしは、命なんて惜しくない。妹の死の真相が、どうしても知りたいんです。だから——」

久住は決然として、

「——だから、次の被害者にはわたしがなります」

皆が唖然《あぜん》とした。さしもの角竹も動揺し、

「何のつもりだ！」

怒声を発して立ち上がった。わななき、汗を滴《したた》らせ、目の前にいる女を凝視する。そこにいるのは、わたしが考えるような、亡《な》き妹を想《おも》う優しい姉ではなかった。

動揺する角竹を見すえたまま、久住は続けた。

「わたしが死にます」

「いけない、そんなことをしてはいけません」

わたしは止めたが、久住は首をふった。

「秋月さんが犯人ですか？　それともシズカさんですか？　角竹さんの可能性もありますね。いずれにせよ、犯人の手を煩《わずら》わせる必要はありません。労して罠《わな》を作ったり、頭を働かせて企《たくら》んだりしなくても、わたしは死ぬのです」

「やめてください。妹さんだって、そんなの喜びません」

「わたしは早世した親に代わって、あの子を守ってきました。妹が、ささやかな幸せをつかむことをわたしは願っていた。それが失われたときの、わたしの気持ちを分かっていただけるでしょうか？　もう生きている意味など無い。わたしは死を選ぼうとしました。でも、その前に、あの子がなぜ死んだのかを知りたいと思った。知らずには死ねないと思ったのです」

「いつか悲しみが癒《い》える日も来ます」

「秋月さん、あなたは優しい人ですね。でも、わたしはそれがゆるせないのです。妹のことを忘れ、喪失の痛みが癒えるのが怖いのです。のうのうと生きている自分を認めることは決して出来ません。あなたが止めても、わたしは遠くない日に自死を選ぶでしょう。そうでなければ、わたしはわたしではなくなってしまう」

　久住は、再び決然とした表情に戻った。

「わかったでしょう？　次の犠牲者はわたしです」

「だから、何だというのだ？　お前の死が、俺にとって何の意味がある」

　角竹は気圧《けお》されていることを悟られまいと、懸命に声を張り上げた。

「わたしは、犯人が何を考えているのか知りません。何か理由があって、こんなことをしているのかもしれませんが、それが何なのかは知りたくもない。でも、わたしは自分の命に固執してはいません。犯人が欲するのであれば、喜んで縊《くび》れ死にます。絵に描かれたとおりに。わたし一人分の殺害の罪が減るのは、損ではないでしょう。それに加えて、角竹さんにとっては、遺産が発見されたときの分け前が、一人分増えることになります」

「交換条件だと云うのか？」

「そうです。それと引き替えに、二年前の真相を話してください」

「……なるほどな」

角竹は、久住の視線から逃れるように視線をそらし、深呼吸をくり返して考え込んだ。

「いけない、そんなことをしてはいけませんよ。犯人が何を考えているのかわからないんだ。久住さんの思うようになるかわからない。これが策略かもしれないんです」

わたしは、久住を止めるべきだと思った。どうしても、止めたいと思った。

「犯人の動機などどうでもいいのです。わたしが死ぬのは決定している。わたしが欲しているのは、その対価なのです。正当な対価さえ支払われれば、見立てのとおり死ぬのは構わない」

「しかし――」

わたしは、救いを求めてシズカを見た。彼女なら、久住を止めてくれるかもしれないと考えたからだ。そこに見たのは、表情を表に出さない小間使いが、強く感情をあらわにしている光景であった。

それは羨望《せんぼう》だ。

言葉を失っていると、

「わたしの言葉を疑っているのであれば、いくらでも証明しましょう」

久住は、立ち上がって窓際まで歩いていくと、まだ外に垂れている縄をたぐり寄せ、手早く輪をつくった。それを自分の首にかけてしまう。

「話してくれれば、すぐにそこから飛び降ります。それで、わたしは縊れて死ぬでしょう。他殺を疑われないように、遺書が必要ですか？　すぐに書きましょう。後で筆跡鑑定でもすれば、わたしの自死は疑われないはずです。それとも、直接手を下すのがお望みですか？　ならば、灯りを消して、わたしの背を押せばいいです。落下していくわたしを見て、確かな手応《てごた》えを感じてください。そうして、わたしが縊れている絵を皆の前に開陳して、また見立ての通りに被害者が出た、と宣言すればいいのです」

久住はそう云いはなって皆を見た。

――嗤いが起こった。

最初は小さく、徐々に大きくなっていた。嗤っているのは角竹だ。彼の眼光は異様にぎらついていて、目が血走っていた。肌が脂でねっとりと光っている。銀髭の奥で口を開け、哄笑《こうしょう》していた。

「いかれている！　その女は正気じゃないんだ！」

「そのとおりです。わたしは二年前に妹と死んだ。ここにいるのは、それを受け入れられず、砕かれた心を認められない、正気を失った女です。さあ、躊躇《ためら》う必要がありますか。今、死のうとしている者に、真実を話して聞かせて、いったいどんな損が生じますか？　わたしは正気さえ失っている。話してください」

久住の言葉に、哄笑は止《や》んだ。

角竹は、酔ったような足取りで歩き、壁に背を預けた。呼吸が荒い。長患《わずら》いの喘息《ぜんそく》のようだ。

「……いいだろう。そんなにも聞きたいというのならな」

角竹は、うつむき加減になって云った。

久住は、期待を込めて一歩にじり寄った。わたしたちの誰もが、次の言葉を待った。

真実が告げられるであろうと——

「お前の妹は自殺ではない」

角竹が顔を上げた。

そこにいたのは人ではなかった。

獣であった。

「俺が殺した！」

奇声を発し、角竹は久住へ突進した。

縄の輪を首にかけ、窓際に立った久住は格好の標的であった。

久住に、角竹は体当たりし、二人がもつれ合う。

均衡を失った久住は、それでも仇敵《きゅうてき》を両の手でつかんで離さなかった。

「あなたも死ぬのです！」

久住につかまれた角竹は、その手を振り払った。

二人の体勢が入れかわる。

角竹は、突進した勢いを止められず、絶叫とともに暗い岩礁《がんしょう》へ落下していった。

久住もまた、失った均衡を取り戻せず、よろめき、落ちかけた。

わたしは、久住の体が断崖《だんがい》に向かって倒れ込みかけた瞬間、飛び出して手を伸ばした。

久住は慈母のように穏やかな表情だった。

わたしは満身の力を込めて彼女の手をつかんだ。

体が半分近く窓の外へ出て、背筋に冷や汗が噴く。人一人の体重がどれほどか、恐怖とともに思い知った。

それでも手は離さなかった。そうすべきだと、強く信じて、足掻《あが》いた。下半身で絨毯《じゅうたん》に踏ん張り、彼女を引きあげられたのは僥倖《ぎょうこう》だ。

久住とともに、床へ転がり、わたしは乱れた呼吸と疲労のために立ち上がれなかった。

そうしたわたしを、シズカが暗い目で見ていた。

「秋月さま、なぜ助けてしまわれたのですか？」

「……何を、云っているんですか」

わたしは、起き上がった。

追い打ちをかけるように、激しい慟哭《どうこく》が耳を打った。

久住は顔を手で覆《おお》い、それまで流さなかった涙をあふれさせていた。

「どうして！　どうして死なせてくれなかったの！」

心痛に身もだえしていた。嘆き、喘《あえ》ぎ、この世のすべてを呪《のろ》った。

わたしは言葉もなかった。

慟哭は止まない。

それは、わたしを責めさいなんでいるようで、耐え難かった。

わたしは背を向け、応接室を出た。

たとえ無事に朝を迎えても、この館から嘆きの名残が消えることはないだろう。

# 十六章　見立ての最終結論予測

広間でしばらく時を過ごした。

慟哭《どうこく》は止《や》まなかったが、それでも時を経るごとに小さくなっていき、やがて消えた。わたしは、もしかすると久住が、もう一度自死を考えるかもしれないと思った。そのとき、わたしは止めるだろうか。止めるべきなのだろうか。

迷った。そのままでいれば、久住が死を選ぶかもしれない。戻って一緒にいてやるべきだろう。一度は、命を助けた。それが正しいのかまちがっているのかはわからないが、最期《さいご》まで責任を持つべきだろう。

わたしは、心痛ですっかり体の力が失われていた。疲労もあって、もう足下もおぼつかない。応接室へと、体をふらつかせながら戻った。

戸口から室内を見ると、立っているのはシズカ一人であった。

久住は、三人掛けの長椅子《いす》に横になっていた。卓の上に、半分ほど水の入った杯と、何かの薬袋が置かれていた。

「安静になるお薬をお出ししました」

シズカは、窓際《まどぎわ》に立ったままそう云《い》った。

「そうですか」

「しばらく休めば、落ち着かれるだろうと思います」

シズカは、感情もなくそう云う。わたしは、長椅子のほうを見た。久住は、白い顔をして眠っていた。涙の跡が痛々しい。感情の抜け落ちた顔は、やけに幼く見えた。

「……わたしは間違ったことをしたんでしょうか？」

「間違い？」

シズカは、ふり向いて云った。

「久住さんを助けたことです」

「Вы《ヴィ》 очень《オーチン》 добрый《ドーブルィ》（あなたはとても優しい）」

「なんですって？」

「間違いかどうかは、わからないということでございます」

「しかし、あなたはわたしを責めたじゃないですか」

「責めてなどおりません。わたくしは、久住さまがうらやましいと思ったのでございます」

「うらやましいって、どういう意味です？」

わたしには、シズカの云った意味がわからなかった。彼女はそれには答えず、また元のように窓の外へ視線を戻した。

「――残されたのは、わたくしたちだけでございます」

「ええ、もう終わったんですね」

胸の中に暗い安堵《あんど》が広がっていた。夜明けはまだ遠いようだが、朝は必ず来る。そう信じて待ちわびたのだ。ようやく、そのときが訪れようとしている。シズカがふり向いた。

「終わった？　何が終わったのですか」

「犯人は死んだ。これでもう、何もかもが終わったと考えていいでしょう」

「秋月さまは、何か勘ちがいをされているようでございます」

「え？　何が勘ちがいだって云うんです」

わたしは、納得がいかなかった。

「角竹さまが犯人であったと、秋月さまはそのようにお考えなのですね」

「だってそうでしょう。彼は自白したんだ。罪を認めたんですよ」

わたしは、はっきりとこの耳で聞いたのだ。角竹が、煩悶《はんもん》とともに自らの罪を認める言葉を。嘘《うそ》偽りだとも思えない。あの銀髭《ひげ》の男は、自らの罪を認めた。そして、久住を殺害すべく襲いかかったのだ。

反撃に遭い、角竹は自ら落下した。あの窓から、岩礁《がんしょう》へ落ちれば万が一にも助かる見込みはない。下まで断崖《だんがい》絶壁で、目も眩《くら》む奈落《ならく》なのだ。すさまじい速度で重力に引かれ、複雑に隆起した岩に叩《たた》きつけられる。遺体はひどい状態になっているだろう。

犯人は、最後にしくじり、命を落とした。そう考えて何が間違っているのか。

「角竹さまがお認めになったのは、二年前に久住さまの妹を殺害したという、ただその一点のみでございます」

「二年前に何があったのか、それはわかりません。おそらく、あの男のことだから、お姉さんを助けるため遺産を欲した妹さんを、疎《うと》ましく思ったのでしょう。自死に見せかけて殺したんだ。二年後に、同じく遺産がらみで人を殺したとして不思議じゃないでしょう」

「それなら、見立ての意味をどうお考えでございましょうか。そのような動機であると仮定して、久住正隆の絵に見立てて、殺人を行ったのはどういう意味があったのでしょうか」

「それは、わかりません。でも、人を殺すような男だ。常人には理解できない考えがあったのかもしれない」

わたしは、角竹の倫理観が信じられなかった。あの最期の瞬間、角竹は獣の本性をさらけだし、久住を殺害しようと襲いかかった。あれは、分別のある人間の行いではない。

絵画に見立て、人を殺したのは、角竹が遺産に執着していたからかもしれない。彼には、すさまじい欲望があった。倫理観など持ち合わせていなかった。絵に見立て、人を殺害するということに、奇妙な喜びを見出《みいだ》したとしても、それほどおかしくはないだろう。

「確かにそうかもしれません。角竹さまは、欲望に魅入られ、通常ではない精神状態におかれていた。それは間違いないでしょう」

「彼が犯人だったんですよ」

わたしは結論づけたが、シズカは冷ややかだった。

「犯人は、慎重に、巧妙に企《たくら》んだのです。それは一連の出来事によって裏づけられています。歪《いびつ》ではありますが、異常者が場当たり的に行ったものではあり得ません」

「わからないものですよ。突発的な行動が、計算され、理知的に判断されたものだと誤って解釈される場合もあるでしょう」

わたしは強く反論した。何が、こんなにも強く、わたしにシズカへの反発を行わせるのか、自分でもよく理解できていなかった。彼女の澄んだ瞳《ひとみ》に、わたしが映り込んでいる。そこに見えたのは、楽観論にすがりたがっている弱者。怯《おび》えて、耳をふさぎ、目を閉じて縮こまっている哀れな男であった。

「……すみません。わたし自身、こんなことは信じていない」

「よろしいのです。そう考えたくなるお気持ちもわかります」

「シズカさんは、疑っているんですね」

「わたくしが気になっているのは——」

シズカは、また暗い海へと視線を移した。光のない水面は、決して鏡のように対象を映したりはしない。彼女の瞳も、感情を映さなかった。

「——なぜ、残りの絵が一枚であるのか、です」

「残りの絵って、持ち去られた久住正隆の絵のことですか？」

わたしには、シズカがそれを気にする意図がわからなかった。

「そうでございます。あと一枚の絵。それは、あと一人の犠牲者をあらわしている」

「角竹さんでしょう。彼が死んだのは、予期せぬ出来事かもしれないが、犯人は手を煩《わずら》わせずにことが済んだと安堵しているかもしれません」

「そうかもしれません。ただ、そうであるならば、犯人は、わざわざ一枚の絵を引き裂いて、破棄しているのですから、もう残っている絵はないという結論になってしまうのです。これをどう秋月さまはお考えになりますか？」

「もう絵は残っていない……」

わたしは考えた。見立て殺人とは、つまり予告された殺人である。どのように死ぬか、あと何人死ぬか、あらかじめ決められているのだ。そうだとするなら、もう犠牲者は発生しない。今、この場にいるのは――

「そのとおりでございます」

　シズカの言葉に、わたしは一歩退いた。混乱しつつも、頭のどこかに残っていた冷静な部分が、ようやく状況を理解したのだ。

　自分が、断崖の縁に立たされているということに。

「この中に、犯人がいる。そのように考えられるのでございます」

「待ってください」

　わたしは、両手を突き出して必死に弁解した。

「わたしではありません。わたしは、偶然この館《やかた》へやってきたのです。母に命じられ、それで絵を届けに来ただけです。名残の会のことも、事前には知りませんでした。そんなわたしが、どうして殺人なんて――」

「状況や発端は問題ではありません。冷静に考えるならば、誰もが疑わしいということなのでございます」

「それなら……」

　わたしの脳裏を、自らが疑われるよりももっとおそろしい想像がよぎった。

「シズカさん、あなたは犯人ではありませんよね？」

「どう思われますか？」

シズカは、はぐらかすように質問を返した。

「やめてください。わたしには信じられない」

「もっともらしく理屈を述べる者が、犯人でないなどという決まり事は、この世界にはございません」

「貴女《あなた》は、人を殺すようなひとではない」

「……秋月さま、どうしてそう思われますか？」

シズカの顔に、かすかに感情が浮かび、そして一瞬で消えた。

「わかりませんが、なんとなく貴女はそうではないと思えるのです」

「そのような断定はすべきではないでしょう」

シズカは、部屋の中央まで歩いていって、長椅子に横たわる久住の様子を確かめた。

彼女はよく眠っているようだ。

「……あと一人なのでございます」

「それが問題なんですか？」

わたしは、彼女が何を憂慮しているのかわからなかった。

「持ち去られた絵画は一枚。そこから導き出される、見立ての最終結論は、残りの犠牲者が一人であるということ。角竹さまは亡《な》くなりました。意図しない出来事であったとしても、犯人は利用するでしょう。ならば、もう絵画はありません。被害者はもう出ない。ここで、当然のように疑問が生じます――」

シズカはふり返った。もう一度窓際まで行って、眼下の岩礁へと視線を落とす。

「――閉じた環《わ》の中で、連続殺人を目論《もくろ》むならば、それが見立て殺人であるならば、すべてのものを被害者にするのが常道ではありませんか。犯人は、誰も生かして返すつもりはない。そのように決意すればこそ、閉じた環の殺人は意義があるのです。対象を狭め、一人や二人を狙《ねら》うならば、他の場所でも良かったはず。それなのに、なぜ絵画は破棄され、もう犠牲者は出ないと設定されているのか」

くり返される問い。それは闇《やみ》の中で、ひとすじの光明を見出そうと足掻《あが》いているようにも思われたし、さらに絶望的な窮地へと、己を追いやっているとも受け取れた。

「これでは、ふに落ちないのでございます。企み、はかりごとをした犯人が、いったいなぜこのような不完全な真似《まね》をするのか――」

シズカは、解くべき謎《なぞ》を口にする。

「――これでは、一人生き残ってしまうということになります」

それは、わたしたちだけが生き残ったこの場所に浸透して消えていった。そうだ、絵画が持ち去られ、残りの犠牲者は一人と定められていた。見立てが正しいのであれば、犯人がそれに執着し、こだわっているのだとすれば、結論はそういうことになってしまう。

残るのは、犯人と、もう一人――。

「いったいどういうことなんでしょうか。残るのは、犯人と、被害者でもなく加害者でもない人物。犯人は、誰か一人は生かしておくという心づもりなんでしょうか」

「客観的に考えると、そういうことになります」

「犯人は、名残の会の面々の中で、他の人間は必ず殺害するけれど、一人だけ容赦したいのでしょうか」

「意図は不明でございますね。可能性だけならば、色々と考えられるでしょう。残った一人が、犯人の無罪を証明するといった、犯行後の利益に繋《つな》がるのかもしれません」

「残った一人は、必ず相手を犯人だと告発するでしょう。黙っているわけがありませんよ」

「さようでございます。それが当然で、だからこそ、残りが二人という、最終結論に疑問が生じるのです」

シズカは、もう一度窓の外を見た。わたしは、シズカがそんなにも海に魅入られているのが不思議であった。その視線の先を追って、少し寒気がした。彼女は海を見ていたのではなかった。その暗い瞳は、垂れ下がる縄を見ていた。先に輪のある、首吊《つ》りの縄に魅せられていたのだ。

「――いずれにせよ、わたくしが答えを出す必要はございませんが」

「なぜです？　貴女なら、真実がわかるでしょう」

嫌な感覚を振り払って、わたしは云った。シズカはゆっくりとわたしを見た。

「いいえ、そんなことはありません」

「どうしてですか？」

「秋月さまはお忘れでございます。それはすでに決定されているのです。意図され、企まれている。あなた様も見たはずではありませんか。わたくしが絵の中で縊《くび》れ死んでいる様を。あれが定めなのです」

「何を……」

言葉が最後まで出なかった。喉《のど》の奥に、わたでも詰められたように。

「わたくしは、被害者なのです。絵の中で縊れている。そのように決定づけられている。犯人はわたくしを殺すでしょう。順番の問題ではありません。ならば、わたくしは最後の二人のいずれでもなく、そうであるのは——」

恐怖して膝《ひざ》が震えた。わたしは立っていられなかった。シズカの前で床に伏した。それはあまりにも歴然としていて、残酷であった。

「秋月さまと、久住さまなのです」

冷たい宣告であった。

わたしは、背後を見た。

ならば、ならば、犯人は――

横たわる女性はわずかに身じろぎした。

そうして、眼を開く。

久住は目を醒《さ》ました。

# 十七章　見立ての最終結論予測のずれ

ぬるい潮の香りを感じた。目を醒《さ》まし、上体を起こしてこちらを向いた久住を、わたしは畏《おそ》れとともに見返した。

視線が絡《から》んだ。彼女は、眠りから醒めてすこしの間、状況を理解できていないようであった。

――彼女が？

胸の内で疑惑は膨らんでいく。

久住にそれが出来ただろうか？　上条、司月の姉妹、氷神公一。犯行は、力なきものにも可能だ。角竹のときは、演技をしたのだと、解釈すればいい。久住は、妹の復讐《ふくしゅう》のため、自死をほのめかして角竹を陥《おとし》れた。彼が自ら罪を認めた上で、襲いかかるように仕向けた。隙《すき》を見せ、危うい窓際《まどぎわ》に立って誘ったのだ。

そうだ、彼女には一番の動機がある。二年前の妹の件だ。名残の会に恨みを抱き、それを果たすべく今回の異常な殺人を計画したとしても、何ら不思議ではない。久住の善意を信じ、目を背けてきたけれど、この状況では疑わざるをえない。

何せ、もう二人だけなのだ。

わたしが犯人でないなら、答えは決まっているではないか。

疑惑は確信へ変わる。

「取り乱してしまって、すみません」

久住は、我に返ったように身繕いを気にした。わたしは声を失っていた。

「……わたしが眠っている間に、何がありましたか？」

疑惑の視線を感じとり、久住が問う。わたしはどうするべきか迷った。見立ての最終結論が正しく、そのように意図されているのだとすれば、彼女にわたしを殺害する意図はないのだ。

残るのは二人。

犯人と、被害者でも加害者でもない人物。

つまりは、久住とわたしだ。

彼女はわたしを殺さない。

――なぜ？

そういえば、彼女はわたしが館《やかた》を訪れた際、こっそりと警告してくれた。『ここから逃げるのです』と、そう云《い》ってこの場所から立ち去らせようとした。惨劇が行われる館から、無関係の者を追い払う。それは、彼女が狙《ねら》うのが、名残の会の面々だけだからだ。

わたしは、偶然この場所へ入り込んだに過ぎない。

そうだとすれば、わたしは黙っているほうがいいのか。このまま朝が来て、そうして何も云わずに館を去る。久住は追ってはこない。彼女の復讐は成就《じょうじゅ》し、そしてきっと、罪を自分で清算するために、自死を選ぶだろう。

それが、彼女の思いなのだ――

状況をよく理解したらしい久住は、ゆるゆると首をふった。

「秋月さん、勘ちがいをしています」

「どういう意味ですか。何が、勘ちがいだと……」

確信していたわたしは、久住の言葉をまともに受け取れなかった。この状況において、他にどんな可能性があるだろうか。

「わたしではないのです」

「もう、疑うべき人間は残されていない」

「それでも違います」

「信じろと？　わたしは自分が犯人でないのをわかっています」

わたしがそう云うと、久住はうなだれた。

「わたしにはわかりません。どうして、こんなことになったのか」

「わたしにだって、わからない。貴女《あなた》を疑いたくなかった。それなのに、犯人は貴女だと、明確になってしまった」

「秋月さんは、ご自身の疑惑をそらすために、そんな主張をされているのですか？」

「なんですって？」

意外なことに自分でも驚いた。久住は、わたしを疑っているのだ。

断崖《だんがい》の縁に立って、わたしたちは不毛な疑いを互いに向けあっていた。

「――わたくしたちは重大な見落としをしているのかもしれません」

シズカが口を開いた。自らが答えを出す必要はないと、そのように告げた彼女は、わたしたちを見つめて云った。

「どういう意味です？」

「見立ての最終結論に、わたくしの死が含まれているのなら、わたくしに異論はございませんでした。甘んじて、それを受け入れるつもりです。しかし、そうではない。予測された結論と、微妙な食い違いが生じている。そのように思われてきました」

「食い違いってどういうことですか？　結論どおり、二人が生き残っているじゃありませんか。シズカさんは被害者で――」

「わたくしは死んではいません」

シズカは、色のない唇でそう云った。「予測されたとおりになっていないのです。わたくしは、それが予想外の出来事によるものだからと解釈していました。絵の表層を剝《は》がし、見立てを予測しようとしたことの弊害であると。しかし、いつになっても犯人の手は、わたくしの喉元《のどもと》にかかりません。あの絵に描かれたように、縊《くび》れる時が訪れない。最終結論であるはずの、二人が残るという局面に至ってすら、わたくしは生かされている。これは妙な話でございます」

「確かに、その点は気になりますが……犯人だって、すべて計画通りにいくとは思っていないでしょう」

「最終結論の予測に、ずれが生じている。これは、ことによると考えをあらためるべきなのかもしれません」

「どういう意味なんですか？」

「いくつかのことを、確認させていただきたいと思います」

シズカは、戸口まで歩いていった。

「どこへ行くんです？」

「戸締まりの確認でございます」

「はあ？」

よく理解できず、わたしは間の抜けた声を出した。久住も困惑している。

「お二人もご一緒に、いかがでございますか？」

そう誘われて、わたしたちは戸惑いながらもうなずいた。

中央広間へと出て、シズカは二階へと続く螺旋《らせん》階段を上がりはじめた。目的地は二階にあるらしかった。久住は、まだ足下がふらついていた。それでも、シズカを追って階段を上がっていく。二階の中央から左翼の廊下へ進む。扉が並んだ廊下を抜けた。

「この部屋は……」

「こちらを確認しておく必要がございます」

実力を行使すべく、シズカは青銅の像を振り上げた。それが何なのかはすぐに思い出した。角竹が、美術室の扉を破るのに使った像だ。

「いったい何をするつもりですか」

わたしの質問を無視して、扉の取っ手に青銅の像が打ちつけられた。かん高い音が、廊下に響きわたる。それは鐘のように何度も打ち鳴らされた。

尋常ではない執念によって、取っ手は壊れ、扉には穴が開いた。そこから、ぬるい風とともに、死の臭《にお》いが漏れ出てきた。

わたしは臆《おく》した。無惨《むざん》に命を奪われた死者の姿を見るのは忍びなかった。シズカは、壊れた扉を開け、その部屋へと入った。

司月の姉妹の部屋。

久住が意を決したように室内へ踏み込んでいった。わたしも後に続いた。シズカは、室内の様子を観察していた。割れた窓、司月の姉妹の亡骸《なきがら》が横たわる寝台。

「何も変わりはありませんよ」

「いいえ、わたくしがこの部屋を出たときと食い違いがあります」

「食い違いって。それはどういう……」

質問には答えずに、シズカは寝台の前に立った。白布が掛けられ、隠されているが、そこに司月の姉妹が横たわっているはずだ。

シズカは、白布を一気に引いて取り去った。

あらわになった事実に、わたしは思わずうめいた。

いったいどうなっているのか。どうして、こんなことが起こりえるのだ。

そこには、無惨に命を奪われた死者が横たわっているはずだった。

そうであるはずなのに――

「やはり欺《あざむ》かれていました。わたくしは間違った推理をしていたのでございます」

シズカが、色のない唇で云った。

わたしたちが見たのは、誰も横たわることのない寝台であった。そこには、枕《まくら》が二つ置かれているだけで、死体など影も形もなかった。

わたしは信じられずに、室内のあらゆるところを調べてみた。やはり、司月の姉妹の死体はなかった。この部屋の中にはない。いったいどこへ消えてしまったのか。

「死者が消えるなんて、どうなっているんですか」

「これが意味するところは、ひとつしかありません」

シズカは宣告した。わたしには信じられなかった。

「いや、そんなばかな」

「意図されているのは明白です。企《たくら》みの一環なのだと。見立ての最終結論に生じたずれは、まさにこれを意味しているのです」

「いったいどうやって？」

「それもまた明白です――」

シズカは、嗤《わら》った。

「――犯人は別にいます。意図された最終結論の外側に」

# 十八章　見立ての最終結論概要

「下へ参りましょう。考えるべきことがございます」

シズカは、司月の姉妹の部屋の確認を済ませると階下へ向かった。久住はひとことも発せず続いた。わたしは急に周囲が恐ろしくなった。今も、真相を知ったものを始末すべく、犯人が襲いかかってくるのではないかと思われたのだ。

それは杞憂《きゆう》だ。誰も、姿を見せはしない。わたしは、廊下を二人に続いて歩いた。かなり、臆病《おくびょう》になっている。自然と、背を縮こまらせ、妙な歩き方になった。

一階へ下りたが、応接室には戻らなかった。シズカは、食堂へ入るよう促した。応接室の窓は割れてしまって、風雨が吹き込んでくるからだろう。

わたしたちが食堂に入ると、シズカは沸かした湯を持ってきて、紅茶を淹《い》れはじめた。わたしたちは、言葉もなく席についてそれを見ていた。

「犯人がわかりましたね」

わたしは、もう黙っていられずロを開いた。シズカは、紅茶の段取りに不手際《ふてぎわ》がないよう注意していた。湯気の立つ西洋茶碗《ちゃわん》が我々の前に置かれ、はじめて彼女は応答した。

「さようでございますね」

「いったいどうして、こんなことをしたんでしょうか。それに、どうやって見立てを成立させたのか……」

　わたしが口にした疑問について、シズカは無表情で返した。

「秋月さまは、また勘ちがいをされていらっしゃいますね」

「え？　しかし、勘ちがいのしようもないでしょう」

「それでも、誤りをしておられます」

「何が誤りだと云《い》うのですか。司月の姉妹の死体が消えていたんだ。これが意味するところはあきらかでしょう」

「はい、あきらかでございます。犯人が、恐るべき狡猾《こうかつ》さを示した、証《あか》しのひとつとなりましょう」

「なら――」

　わたしの断定を、シズカは肯定しなかった。

「秋月さまは、司月のお嬢様方の部屋を見て、いったい何に気がつかれたのでしょうか？」

「決まっています。死体が消えたんだ。それが意味するのは明白だ。小賢《こざか》しい手口ですよ。まったく現実離れしているが、やったにちがいないんだ」

「どういうことでございましょうか」

「犯人は、司月の姉妹だったんですよ」

わたしは、勢い込んで宣言した。

西洋茶碗から立ち上がる湯気が揺らいだ。それは乱れ、やがて元に戻った。シズカは何も云わなかった。彼女は、わずかに視線を下げ、わたしの前にある西洋茶碗を一瞥《いちべつ》しただけだ。紅茶を飲むよう勧めたのだ。

わたしは西洋茶碗を手にとって熱い茶を飲んだ。この期《ご》に及んで、毒を盛られる心配などなかろうとたかをくくっていたから、まったく無防備だ。紅茶は薫《かお》り高く、鼻先に抜けて美味《うま》かった。

「落ち着かれましたでしょうか？」

「美味《おい》しいですね。この館《やかた》に来てから、あなたの手並みには感心するばかりです」

「喜んでいただけてなによりでございます」

「それより、犯人が――」

わたしが先を続けようとすると、シズカが否定するように首をふった。

「精神的に落ち着きが戻ったのなら、わたくしの話に耳をかたむけていただけますでしょうか？」

「——もちろんですよ」

わたしは答えた。わたしは人前で雄弁に語るような人間ではない。シズカがうまい具合に説明し、理路整然と状況が判明するのであれば、そちらのほうがいい。犯人はわかったものの、他はわからないことだらけだからだ。

「秋月さまは、やはり勘ちがいされているのでございます。司月のお嬢様方の部屋から、死体が消えた。これは、秋月さまのおっしゃるように、司月のお嬢様方への疑惑を向ける事実かもしれません。しかし、そうではないのです」

「そうではない？　他にどんな可能性があるんですか」

わたしは不満を覚えて反駁《はんばく》した。事実は明瞭《めいりょう》ではないか。司月の姉妹の死体が、——いや司月の姉妹が消えていたというのは、彼女らが犯人である何よりの証拠だ。

「冷静に思い出してくださいませ。司月のお嬢様方の死は決定されているのです。あなた様はご自身の目で確認されている。あれは偽りの死などではございません。どんな許《さ》術《じゅつ》も存在せず、欺瞞《ぎまん》もあり得ないのです」

「確かにこの目で見ましたが……」

はっきり云って自信がなかった。死んでいる、とそのときは確信していた。けれど、わたしは医者ではない。脈を確認し、心肺の状態を調べたわけではないのだ。

もしかすると、巧妙に死んだふりをされたかもしれない。その可能性が絶対にないとは云いきれないのではないか。わたしの疑問に、シズカの視線は冷たかった。

「司月のお嬢様方のうち、窓から落とされた方は確定された死を免れません。首輪をかけられ、自身の体重によって吊《つ》り下がったものに助かる術《すべ》などないのです。死んだふりをして、実は生きていたといったことはあり得ないのです」

「なら、何か詐術を使ったんでしょう。首を吊っているように見えて、実際は背中に通した棒によって、体重を支えるという手品を見たことがありますよ」

「そうした詐術の可能性もありません。わたくしは、司月のお嬢様方の部屋に入ったときに、慎重に室内の状況や、お二人を調べました。首吊りに見せかける、どんな欺瞞もありませんでしたし、そのような痕跡《こんせき》もなかったと断言できます。これは絶対でございます。詐術が無く、確定した死が免れぬ状況が発生しているのですから、助かりようもないのです」

「替え玉という可能性は？」

奇っ怪すぎるとは理解しつつも、わたしはやはり惑わされていた。

「あれは歴然とした人間の死体で、他の何かではありません。であるなら、司月のお嬢様方にそっくりな人物を用意して、その二人を殺害しなければなりません。この状況においては、考慮する必要のない可能性でございましょう」

「なら、いったいどういうことなんですか。なぜ、司月の姉妹の死体が消えたんです」

わたしは混乱した。確信したはずだった。消えた司月の姉妹が実は生きていて、わたしたちを狙《ねら》っているのだと疑わなかった。そのはずであったのに、こうもあっさりと覆《くつがえ》されてしまうとは。

「ですから、はっきりしているのです。これは犯人の企《たくら》みでございます」

「企み？」

「犯人は、司月のお嬢様方を自らの犯行に利用したのです。それしか可能性はございません」

「犯行に利用した？」

わからなかった。どう利用するというのか。シズカは無言で、また紅茶の支度をはじめた。温めた西洋茶碗に、茶を注ぎ入れる。

自分の分だろうかと、理解しかけて首をひねる。

シズカは、自らの立場をわきまえるかのように、決してわたしたちと飲食をともにしなかった。自分は小間使いで、下働きなのだという立場で、茶の一杯も口にすることはなかった。この期に及んで、そうした姿勢を崩すとも思えない。

そうなら、そうであるとするならば。

いったい、この一杯の紅茶は……？

シズカは、より丁寧に淹れた紅茶の西洋茶碗を上座へ運んだ。そうして、食堂の窓の外へと視線を向けた。

暗雲のたれ込める水平線が、心なしか明るんできたように見えた。

「最終結論予測のずれ。これは、見立てに使用された久住正隆の絵が、一枚持ち去られたという事実に支えられていました。

一枚持ち去られた絵は、あと一人の被害者をあらわしている。残ったのは被害者でもなく加害者でもない人物と犯人という結論予測は、この考えによって成り立っているのです。

わたくしは司月のお嬢様方の死体が消えたことによって、疑いを感じずにはいられなくなったのでございます。

ずれを修正し、新しい解釈をすることは可能でしょうか？

それはこう考えれば、じゅうぶんに可能でございます。

持ち去られた絵も破棄された、と」

シズカの言葉に、わたしは思わずのけぞった。

「破棄されたって、捨てられた、始末されたってことですか？」

「そう考えて、何か不都合がございますか？」

「不都合って、それは……」

「何もございません。不都合などないのです。犯人は見立てに使用する絵を残し、見立てに使用しない絵を一つは引き裂き、一つは捨てた。考えてみれば、単純なことです。犯人は、本来は不要の絵を全《すべ》て始末するつもりでいた。二枚を破ってしまう気でいたのです。それが時間的な制約で、一枚しか破けなかった。もう一枚はそのまま持ち去り、あとで始末するしかなかったのです。使うものを残し、使わないものは捨ててしまう。これは当然の心理ではありませんか」

「それだと、いったいどういうことになるんです。角竹さんが死ぬ前に、絵は持ち去られたんだ。犯人は、氷神公一氏までを被害者と決定していて、その他は殺す意図が無かったんですか？」

「そのとおりであるとも、そうでないとも云えます。肝心なのは、これは犯人の企みであり、そこから少しもずれない結論だということです。予測された最終結論にずれが生じたのは、いっさいが、持ち去られた絵の解釈を誤ったのが原因なのでございます」

「いったい誰が犯人なんですか？」

わたしは、シズカに聞いた。彼女はもうわかっている。確信している。すべて知った上で、話しているのだ。

「それをお答えする前に、犯人がどのように意図し、企み、行ったかということを説明する必要があるでしょう――」

「聞かせてください」

わたしは迫った。もう知らずにいられなかった。部外者だから、関係がないなどと云っていられなかった。わたしは知りたかったのだ。

「では、ご説明さし上げましょう。一連の犯行、この場所で起こった出来事について考える際に、中心となるべき概念は、見立てでございます。

動機について、ひとまずはおいておきましょう。今は、それがどのように行われたかを追及し、誰がそれを行ったのかが問題なのでございます。

犯人は、まず上条さまを殺害しました。首輪つきの縄をかけられ、二階から突き落とされたのでございます。

それは、秋月さまが持ってこられた絵に描かれたさまに酷似していました。犯人は、絵を見て、そのとおり上条さまを殺害したのです。

続いて、司月のお嬢様方が殺害されました。こちらも縊《くび》られ、あるいは窒息して、絵のとおり殺人が実行されたのはあきらかです。偶然は二度は起こりません。まして、殺人であればなおさらです。これによって、犯行が見立て殺人であると確定しました。

さて、ここで問題がございます。

わたくしたちが後に確認を行ったところ、司月のお嬢様方の死体が消えていました。これはいったい何を意味するのでございましょうか？

殺人事件において、死体の隠匿《いんとく》は、犯行の隠匿と同じ意味を持ちます。死体さえ隠してしまえば、殺人事件として扱われることはないでしょう。

司法を欺《あざむ》くため、死体はあってはならないのです。しかし、見立て殺人においては、死体は衆目にさらすものです。これは見立て殺人の特徴であり最大の弱点なのでございます。

見立て殺人だと宣言するため死体をさらし、その後には司法の目を誤魔化すために隠してしまったのでしょうか？

おかしな話でございます。隠すなら、最初からさらすべきではありません。死体を見せれば、集った人々は当然のように警戒しますし、犯行をしくじった場合、やはり司法の追及を免れないでしょう。

犯人に、そうした意図がないのはあきらかです。見立てによって死体をさらし、それにともなう欠点を理解した上で、実行しているのでございます。

では、死体はどうして消えたのでしょうか？

犯人が企んだとすれば、それは犯行に利用されたと考えるのが妥当でしょう。犯行に利用された。そう考えた場合、司月のお嬢様方の死体が利用された犯行とは、その死の後の犯行であるとわかります。

犯人が企み、意図した犯行。司月のお嬢様方の死以降で、該当する死。

角竹さまの死は、久住さまの挑発によって起こりました。あれは偶然の産物で、犯人にとっては予想外でしょう。ならば、もう答えはひとつしかございません。

氷神公一の死。

司月のお嬢様方が利用された犯行とは、それなのです。では、どこに使用されたのでしょうか。氷神公一の死は、仕掛けられた罠《わな》によって行われました。

窓に仕掛けられた首縄。巧みに誘導され、窓から首を出した被害者に首輪がかかり、階上から落下した重りによって首輪が絞まり、被害者も落下し、吊られてしまう。

司月のお嬢様方は、重りとして使われたのでございます」

「死体を重りにする？　そんな人を物のように――」

「やったのでございます。冷血に、それが最適であると判断したのです。

最初から二階に存在するもので、適度な重さがあり、窓から出すことも可能な物体。石や水でも詰めた袋を用意しておけばいいとお考えになるかもしれませんが、実際にやってみればかなり労力を要し、持ち運びに苦労するとわかるでしょう。

その点、死体は二階にあって持ち運ぶ必要もなく、ただ窓の外へ出せば良いだけです。細身で軽く、重量を二つに分けられるのも利点でございます。

女性の双子という属性が、二つの適度な重りという役割を、彼女らに与えたのです。

こうして、司月のお嬢様方の死体は、氷神公一の死に利用されたのです。

ここで、もう一度、犯行の中心となるべき概念を思い出してみましょう。

見立てでございます。

久住正隆の絵に見立てられた犯行。

後に、一枚が引き裂かれ、もう一枚の絵が持ち去られ、消去された。角竹さまの死は偶然の産物、そう解釈するのです。これが見立ての最終結論の概要です。

見立てによって殺害されたのは、四人だけだったのです。

この結論にそえば、誰が行ったか明白です。すべての材料と状況が指し示しています。

上条さまは見立てによって殺害されました。司月のお嬢様方もまた見立てられ、その死体は次の死に利用された。氷神公一もまた――

しかし、死者であるべき者の中で、ゆいいつ死が確定していない人物がいるのです
――」

そうして、シズカはかしこまった。

「――ひとつ、証拠を提示いたしましょう。氷神公一の死に際し、犯人が仕掛けた罠には、被害者を引き寄せるため、窓に紙が挟んでありました。

あの紙は、わたくしが先日購入して、館のある一室に備えた便せんの表紙でございます。あれを取得できる人物は、館の中に一人しかいません」

そうして、深々と一礼した。

「お茶の支度が調いましてございます」

戸口から、悠然と姿をあらわし、鷹揚《おうよう》にうなずいたのは——

氷神公一であった。

「シズカよ、お前は、まったくよく出来た使用人だ」

「ありがとうございます。ひとつ、質問をよろしいでしょうか？」

「なんだね？」

矍鑠《かくしゃく》と歩き、主《あるじ》の座に座った老人は聞いた。

「なぜ、見立てを用意していたのに、わたくしを殺さなかったのでございましょうか？」

小間使いの問いに、

「お前が苦しむだろうと思ったからだ」

殺人犯人は嗤《わら》った。

# 十九章　見立ての最終結論破壊

「不思議かね？　わしが壮健であるのが？」

老人は、わたしの視線を悟ってそう聞いた。わたしはうなずいた。

「老齢であれば、弱くなる。人はそのように思い込むものだ。しかし、若い頃を頑健な体によって過ごし、老いてなお壮健であったとしても不思議ではあるまい？　それとも、高齢者は殺人をしないなどという、おかしな考えにでも憑《つ》かれているのかね」

「歩けるのですか……？」

「ああ、歩けるとも。車椅子《いす》の生活というのも、なかなか楽なもので悪くなかったがね。しっかりとこの足で歩けるよ。わしはひとことだって、足が不自由で歩けぬなどとは云《い》わなかったぞ」

「それでもあなたは高齢だ」

「確かにな。壮健ではあるが、若い頃のように腕力にまかせたような行いはできん。だからこそ、犯行はしっかりと考えなければならなかった。重いものを運んだり、狙《ねら》うべき人物と格闘するなどというのは論外だ」

「名残の会の面々を殺害したのですね」

「ああ、やったとも」

「あなたは、人の命を奪って平気なのですか？」

わたしは、思わずそう聞いた。返ってきたのは嘲笑《ちょうしょう》であった。

「残念だよ。わしは、お前の父を評価していた。仇敵《きゅうてき》ではあったがね。あの男は、善い、悪いなどという、子供じみた倫理観で動いていたのではなかった。冷徹な気質で、それだけに強かった。その血の末がこうも脆弱《ぜいじゃく》とは」

老人は、それでわたしから興味を失ったようだ。視線をシズカへ向け、

「――それで？　まだわしの行いのすべてを暴《あば》いたわけではあるまい。茶を一杯飲む間に、お前の話を聞くのも一興だ」

「かしこまりました」

シズカは一礼した。そうして続きを語り出した。

「事件の背景を、もう一度短く申し上げておきます。ご承知と思いますが、必要なことですので――

華族や士族から資金を集めて運用し、莫大《ばくだい》な利益を得た者達。その遺産を保持する名残の会。会の一員であった久住正隆は、名残の会の面々を描いた絵に、名残丘の風景を

上塗りして遺産を秘匿《ひとく》したのでございます。

後年、名残の会は再び召集された。久住正隆の残した絵に、遺産が隠されているという話を信じたのです。二年前、その一員、久住さまの妹が亡《な》くなりました。

——話が前後しますが、角竹さまが殺害したと告白しています——そうであっても、なお、会は集いを行った。新しく発見された絵を取得し、調べるため秋月さまも呼ばれたのです。

犯人は、その絵の下層に隠された、名残の会の面々が縊《くび》れているさまに見立て、殺人を開始した。絵に描かれたとおりに殺人を行うという、奇怪な犯行を現実にしたのです。

犯行の経緯を見れば、当初から上条さまが第一の標的として仕組まれたと考えて良いでしょう。第一の標的を殺害し、以降は犯行の事後処理です。

司月のお嬢様方が殺害されたのは、これが見立て殺人であることを印象づけるため、二階にちょうど良い重りを確保するため、この二つが大きな理由でございましょう。

たったそれだけのことで、二人もの命を奪うというのは、あきらかに常軌を逸していますが、人の命に無関心であるならば、うなずける話でございます。

上条さまを殺害するのは、比較的簡単であったはずです。その時、お客様方は警戒心を抱いておられませんでしたし、主《あるじ》がそれとなく世間話でも振って隙《すき》をうかがえば、背後から首縄をかけることぐらいは容易であったでしょう。

それから、二階から突き落としてしまえば良かったのです。司月のお嬢様方に関しては、高齢者に対して抱きがちな、無力で無害という印象を利用した。車椅子に乗り、歩行も困難であると見せかけた。

そうして、言葉巧みに呼びかけ、客室の扉を開けさせたのです。鍵束《かぎたば》を使用しなかったのは、自らへ疑いを向けさせないためでございましょう。

呼びかけに応じた司月のお嬢様方は、主が老人であるという先入感から油断した。少し怪しめば、わかったはずです。

なぜ、二階に車椅子の老人がいるのか、と。

普段、主が二階へ足を運ぶことはほとんどありません。本当に足腰が弱っているのであれば、それが当然だからです。

しかし、司月のお嬢様方は気がつかなかったのです。とっさのことで、そこまでは考えが至らなかったのでしょう。

扉が開かれ、客室へと侵入した犯人は、隙を見て司月のお嬢様方に首縄をかけ、一方を窓へ突き飛ばしました。犯行はそれだけで終わりました。

二人は絵の通りに縊れたのでございます。

犯人は、第二の犯行後は、より慎重に、巧妙に立ち回る必要に迫られます。客達がいっそう警戒心を抱き、あれこれと考えを巡らせるのはあきらかだからでございます。

これは見立てである、絵の通りに殺人が行われている。そのように理解されてしまえば、事前の計画より柔軟な対応を求められるでしょう。

犯人は、そうしたことも想定していた。洋燈《ランプ》が消える仕掛けをして、鍵が奪われたように演出して見せたり、不必要の絵を破いたり、持ち去ったりして犯行がまだ継続していることを印象づけたのでございます。すべて、見立ては、まだ続いているのだと思わせるためなのです。

犯人は、犯行の総仕上げに、自らを葬《ほうむ》るという手段をとります。このために用意した死体である、司月のお嬢様方を利用して、罠《わな》をつくり、そこで自らは殺害されたと、客達に誤解させたのでございます」

「そうだ、死体です」

わたしは、黙っていられずに口を挟んだ。「死体があった。わたしは、窓の下に、確かに死体が吊《つ》り下がっているのを見ました」

「秋月さま、それもやはり犯人に意図されたものでございます。

確かに、窓のはるか下に、死体が吊り下がっていました。

主の葡萄《ぶどう》色の長衣を着て、縊れていたのでございます。あれは、人形などではございません。犯人は、もっと簡単にその死を演出できたのです。

そう、司月のお嬢様方を利用したように、自らの死体役も、誰かを代わりに利用すればいい。幸いにして、利用可能な死体がもうひとつ残されています。一階の客室にあり、さほどの苦労もなく入手できる死体が」

「まさか――」

「そのとおりです。上条さまの死体が、氷神公一の死体の役割を演じさせられたのでございます。一階に死体は他にありません。運搬には、車椅子を使えば良かった。車椅子に死体を載せるときに、少々の苦労がともないますが、それもたいした障害ではなかったでしょう」

「あれが別人の死体だったなんて……」

犯人は死体をことごとく有効活用していたのだ。わたしは目の前の老人が、おそろしく感じられた。

シズカは臆《おく》することなく、

「死体には自分の長衣を着せた。外は暗いですから、その程度の偽装でじゅうぶんであったのです。

あとは、罠が発動するよう、死体の首を窓から出せばいい。そうすれば、落下する司月のお嬢様方に引かれて、上条さまの死体も下に落ちて吊られることになります。

注意しておくべきなのは、吊っている縄に切れ込みを入れておくということです。客達が、吊られた死体を引きあげてしまえば、この偽装は簡単に見破られてしまいますから、それを防がなければなりません。

縄には確かに切れ込みが入っていました。半分ほどが鋭利な刃物によって切断されており、こうした工作の痕跡《こんせき》があきらかであったのです。

こうして、引きあげようとした死体は落下してしまい、確認は不可能となった。

犯人は、自らを死んだことにして、どこか適当な場所に身を隠していれば良かったのでございます。

下に落ちた死体は、すべてのことが済んだ後に、処理してしまうつもりだったのでしょう。嵐《あらし》の夜に、岩礁《がんしょう》へと落ちた死体です。波にさらわれ、行方知れずになったとしても不思議ではない。少なくとも時間稼ぎは可能でしょう。

その後に、客達の間で起こった出来事は、犯人の思惑の外です。角竹さまと、久住さまの諍《いさか》い。それによって、角竹さまは死に至った」

「角竹は、自業自得《じごうじとく》だ。あれは、欲に負けて、自らを滅ぼす男だよ。小賢《こざか》しく立ち回りながら、どこか間が抜けている。遺産などと、戯《ざ》れ言に騙《だま》されるのがいい証拠だ。

確かに、あやつの家は傾いていた。父親の十郎の代に、散々な損失を出していたのだよ。十郎は、それを取り返すために名残の会に投資をした。

だがね、遺《のこ》されたものなど、何も在りはしない。久住正隆もそれは承知していたのだ。

かつての栄光を取り戻せると、角竹は夢見たのだろう。

愚かなことだよ。他者を貶《おとし》め、蹴落《けお》としてまですがりついたものが、ただの幻想だったのだからな」

老人は嘲笑《あざわら》った。久住が、はっと表情をかたくした。

「遺産の話は、偽りだったのですか？」

「そんなもの在りはしない。本当に、絵に秘密が隠されているのなら、何十年も経《た》ってから、あらためて調べてみるとでも思うかね？

当事者であるわしが、どうして詳細を知らないと思うのかね？

よく考えてみればわかるはずだ。それは必然性や証拠となる物がない、およそ現実味のない虚構なのだよ。そして、虚構は目的を持つ。何かを謀《はか》るために、つくられたものなのだ。それは名残の会を存続させ、その血縁者達を集めるために必要とされた。

目的を達成するためにな」

「あなたの嘘《うそ》のために、妹は……」

久住が立ち上がりかけた。

それをシズカが視線だけで制した。その目はいっそう冷ややかであった。

「――さて、もう一度、何度もくり返された事件の中心を検証してみましょう」

シズカの言葉に、それまで不遜《ふそん》なほど鷹揚《おうよう》であった老人の表情が陰った。

「何のつもりかね？」

「用意された最終結論を破壊するのでございます」

色のない唇は語る。

「一連の事件の中心は、見立てによって支えられています。

久住正隆の絵に見立てられた犯行。

それはいったい何を意味しているのでしょうか？

犯人は、大量殺戮《さつりく》を目論《もくろ》み、閉じた環《わ》の中へ被害者達を閉じ込めたのではなかった。

これは、最終結論からあきらかとなりました。

であるならば、どうして、他の場所、他の時ではいけなかったのか。

それは、見立てをすることができないからです。

狙われた上条さまは、あくまでも久住正隆の絵に見立てられ死ななければならなかった。

他の場所で、他の死に方をしてはいけなかったのです。

それはいったいどういうことなのでしょうか？

それを考えていくと、ある根幹的な疑問へと至ります。

上条さまの縊れた絵は、秋月さまが所持されていたということです。

犯人は、どうしてその絵を知っていたのでしょうか？」

「お前の思考は、間違った方向へとそれているぞ。わしは、久住正隆の絵を見ているのだ。それで――」

「その説明では納得できないのでございます。

なぜなら、縊れた男は、絵の下層に隠されており、表層が剝離《はくり》したのは、近年になってからのこと。見ているはずがないのです。

それならば、どうして犯人はそれを知り得たのか。

どうして前もって準備が行えたのか？

見立て殺人を目論むには、見立ての内容を犯人自身が知っていなければならない。

しかし、犯人がそれを知り得たはずがないのです。

そうであるならば、答えは決まっています。

くり返されるほどに明瞭《めいりょう》です。見立てであるがゆえに、見立て殺人であるがゆえに。

氷神公一は犯人ではあり得ない。

ならば、もう歴然としているではありませんか。

一連の事件の中心である見立て。

それを知り、それを企《たくら》み、それを実行できたのは、一人しかいないのです。

この世に、ただ一人だけ、真犯人たる資格を有している人間が存在する。

それはまぎれもない事実。

犯人によって意図された最終結論を破壊し、回答となりうる真相なのでございます」

シズカは、ゆっくりと老人から離れた。

そうして、食堂の壁にかけられた、旧《ふる》い写真の前に立った。

名残の会の面々が写った写真。

その中の一人に、彼女は視線を注いでいた。

「シズカよ、わしは後悔している。なぜ、お前を殺さなかったのだろうか？　お前自身が望んだように、縊っておけば良かったのだと、今になって――」

汗を噴き、目を血走らせ、老人はつかみかからんとしている。

シズカは、ふり返って云い放った。すべてを終わらせるひとことを。

「真犯人はあなたでございます。

氷神公一、いいえ――

久住正隆」

# 二十章　見立ての最終結論創造

旧《ふる》い写真があった。

そこに写っている人々は、名残の会と呼ばれていた。

中心にいる男は、くらい笑みを浮かべていた。

「あなたは、久住正隆は死んだとおっしゃいましたが、実際に亡《な》くなっているのは氷神公一のほうなのでしょう。あなたは自ら久住正隆という人間を葬《ほうむ》り、氷神公一に成り代わった」

「……認めん」

老人は、苦渋の表情で首をふった。息づかいは激しく、肌からはすっかり血の気が失《う》せていた。先ほどまでの矍鑠《かくしゃく》としたところはすっかり影を潜めていた。そこにいるのは、齢《よわい》どおりに生きて果てようとしている老人であった。

「あなたは見立てを行った。それができるのは、この世でひとりだけなのです」

「わしは氷神公一だ。久住正隆ではない。断じて、そんなことがあるはずがない」

「ならば、どうやって見立ての内容を知り得たのでございますか？」

「……制作過程だ。久住正隆が絵を描いているときに、わしはやつの絵を見たことがあった。それで、知っていたのだ」

老人の弁解を、シズカは冷笑した。

「苦しい反論でございますね。創造的な仕事をする人間は、制作過程をなるだけ他人に見せないようにするものです。途中の過程で、評価を左右されたくはありませんからね。それに証拠が存在してしまうのです」

「なんだそれは？」

「絵です。

わたくしが縊れている絵でございます。

あれは、最近になって用意したものでしょう。わたくしが、この館《やかた》へ勤めることが決まってから、制作されたものです。過去に描かれた、他の絵とは異なります。そうだとするならば、あの絵が描けるのは久住正隆以外に存在しません」

「金を出して、久住正隆に似せた絵を描かせたのだ。精巧に、他と見分けがつかんほどに忠実に再現させたのだ」

「その、贋物《にせもの》を描いた人を連れてこられますでしょうか？」

「それは――」

老人は言葉につまった。

「あの絵は、あなたが描いた。見立てのために、用意していた。わたくしが縊《くび》れているさまを――」


シズカの容赦ない追及に、老人は全身を戦慄《わなな》かせた。

「――そう、用意していたのでしょう。あるいは予想される来客すべてに対して、絵を用意していたかもしれません。計画の柔軟性を考えれば、それもまたあり得るでしょう。あなたにとって重要なのは、氷神公一が見立て殺人を行う、という最終結論であったからです。

あなたは、描いた。久住正隆として、縊れた者の絵を描き、そうしてそのとおり死が訪れることを確信していたのです。この世でゆいいつ、すべてを知り、すべてを企《たくら》めた人物であった。それは氷神公一ではない証左なのでございます。

そうして、その企みの動機は、過去に遡《さかのぼ》ることが可能でしょう。あなたは久住正隆という立場を捨て去り、氷神公一となった。幕府と新政府との争乱を利用し、無名の画家であった久住正隆から、成功者である氷神公一へと入れ替わり、どのような人生を送ったのかは、この際重要ではありません。すべてを得て、そのまま人生を終えるつもりであったあなたに、災禍が降りかかった。

それは巡るべくして巡ってくる理《ことわり》。

他人に成り代わった人物は、それが露見するのを畏《おそ》れます。自らの正体、自らの出生、自らが行ったことが、現在の自分をすべて否定してしまうからです。だからこそ、あなたはやらなければならなかった。

つまるところ、上条さまを殺害した動機は、あなたが氷神公一ではないということに、上条さまが気がつかれたからです。あの方もまた、遺産に魅入られ、執着していた。そうして、過去に注目していた。観察し、熟慮し、発見した。ほんのささいな点です。この食堂にかけられた名残の会の写真に、写っている氷神公一と目される人物――」

シズカは、写真の中央の人物を指した。剛胆な笑みを浮かべ、こちらを見ているその人物が氷神公一のはずだ。

「――この人物は、今、氷神公一と名乗っている老人と同一人物なのだろうか、と。上条さまは、あなたに直接質問したのではありませんか？　この写真に写っているのは、あなたなのか？　と。

あなたは自分が久住正隆であるということが、世間に知られるのを極端に嫌った。だから、あなたは、上条さまをこの世から葬るしかなかったのです。彼が疑惑を持ったまま、延々と余生を過ごすことなど考えられなかったでしょう。

いつか、確信するかもしれない。ならば、疑惑を持った人間を消してしまえばいい。何も難しい話ではないのだから。あなたが、そうした結論に至ったのは必然でしょう。

ついでに、疑惑の対象となった氷神公一も抹殺してしまえばいいと考えたのです。久住正隆だとわかってしまうことに比べれば、ささいな障害でしかないと考えたのでしょう。そうして、あなたは見立て殺人を企み、実行したのでございます。

自らが描いた絵を、見立てとして利用し、氷神公一が犯人であるという最終結論を用意した。そのために、無差別に殺戮《さつりく》を行うのではなく、ほどほどに結論に近づける人物を残すことにしていたのです。

邪魔な上条さまを葬り、司月のお嬢様方を利用して、自らは死を装《よそお》って退場した。すべて見立ての通りに行われたのです。異常な心理と、それによる企みごとによって、計画されて実行されたのだと、あなたは思わせたかった。氷神公一の仕業なのだと。

見立てとは、つまりは氷神公一を咎人にするために行われたのでございます。

わたくしを殺害しなかったのは、わたくしが、あなたが用意した最終結論に近づける人間だと判断したからでしょうか？　見立ての意味を理解し、ほどほどに洞察して行動する人間だと見込んだ上で、わざと残したのでしょうか。無能であれば、命を奪って、氷神公一の異常な心理を強調して見せる道具にしたのかもしれません。

あなたは、柔軟に計画を運用し、ことあるごとに見立ての企みを修正して、最終的な結論へ齟齬《そご》のないように立ち回った。わたくしたちは、見立てに踊らされ、最終的な結論へと導かれたのでございます。

しかし、あなたの思惑どおりにはいきません。見立て殺人とは、最終的な結論が犯人によって描かれる犯罪ですが、それは先読みが可能であり、用意された最終結論を破壊することも可能です。わたくしは、あなたが用意した最終結論を破壊して、あなたが隠したかったすべてを露見させます。

それを防ぐ手立てを用意されているでしょうか？　今、この場でわたくしを殺害しようと、襲いかかることをお考えでしょうか？　あるいは、すべてから逃亡する算段を考慮されているでしょうか？

すべて、無駄でございます。わたくしは、死を希求しておりますが、そのような企みに荷担する意思はございません。死の価値を、他人の思惑に利用されたくはありません。

今、あなたが襲いかかってきたところで、それは齢を得た老人の襲撃でしかありません。不意打ちもなく、罠《わな》もないのであれば、あなたにできることはないでしょう。逃亡は、もっと可能性の低い賭《か》けになるでしょう。

あなたの正体が露見した時点で、あなたは破滅なのです。犯人らしく登場して、不遜《ふそん》に振る舞ったのは、氷神公一という仮面があるからこそ、意味のある行為です。氷神公一に罪をなすりつけるのは、その意味では有効であったでしょう。なにせ、あなたは別人なのですから。

ご理解いただけましたでしょうか？

すべては無意味でございます。観念していただけると幸いなのですが」

そのように語り終えて、シズカは一礼した。

老人は、憔悴《しょうすい》の濃い顔で、乾いた唇を引きつらせていた。

「すべてわかっていたとはな……」

「誤解があるようでございます。すべてを理解したというわけではありません。わからないことも、また存在します。あなたが、どうして久住正隆であることを嫌い、畏れたのか。その真意ははかりかねます」

「……そうだろうとも」

「お聞かせいただけますか？」

「貴様らには理解できんよ」

「それでも、お聞きしたいと存じます」

シズカは、獄吏のように質《ただ》した。容赦はどこにもなかった。自らに、それが課された使命であるように。

「久住正隆か――」

老人は、嘆息した。

「――久住正隆は妻を愛していたのだ」

# 終章

「理解できまい。

文明開化を迎えても、平等とは云《い》えぬ世の中だ。人の業《ごう》は深く、身分の差は人を卑《いや》しい者と高貴な者に分け隔てる。国を越え、時を越えても変わらぬだろう。この居留地を見ていれば、それはあきらかではないかね？

ここは治外法権が確立している。国家間では領事裁判権が認められている程度に過ぎぬかもしれないが、国家間の諍《いさか》いを嫌って、不干渉が黙認されているのだよ。領事の権限は絶大だ。異国の地にあり、自由と富を得られる理想の新天地だ。

だが、集まるのはいかがわしい金儲《もう》けに目の眩《くら》んだ連中が多い。外国役人や領事は、ここを掃き溜《だ》めだと云ってはばからぬ。文字も読めぬ連中や、母国で脱落した者が流れてくる。一握りの高貴な者が、それら卑しい者たちとの間に線を引く。階層社会が形成され、下層におかれた者に機会など与えられぬのだ。

久住正隆は卑しい身分であった。それを隠し、自らがのしあがるために必死に学んだ。

たとえ出自が低くとも、己の才覚によって何事かを為《な》せると信じていたのだ。若かったのだろうな。そうして何度も挫折《ざせつ》を味わった。勉学ではそもそも学ぶ機会を制限され、良家の子女との扱いの差は雲泥《うんでい》であった。可能性を見出《みいだ》し、西洋絵画を習得しても、伝統美術復興を叫ぶ連中に排斥される始末だ。

そんな挫折の中で、ひとりの女に出会った。

美しく、聡明《そうめい》であったよ。身分や立場に惑わされず、きちんと人間を直視できる人であった。若さゆえか、理解者に対する共感か、あるいはこれこそが運命であったのか、二人は恋に落ちた。しかし、ゆるされぬ関係であった。女は、華族として名門の出自であった。周囲が、この関係を放っておくはずがない。引き裂かれ、互いに会うことすら叶《かな》わなくなった。

ちょうど、士族、華族に対する権利は縮小され、名門の家柄とはいえ、財政的な困窮を味わう家筋も少なくなかった。女の家もそうした環境で、当主が不慣れな相場に手を出して、大やけどを負った。

そうした状況につけこんで、あの男が現れたのだよ。氷神公一。まったく、どこから嗅《か》ぎつけたのか、野心家は困窮する名門に取り入った。

野心家の商人は莫大《ばくだい》な金を持っていた。窮乏する女の家には、援助の資金が必要で、卑賤《ひせん》の出であっても、氷神公一に抗《あらが》えなかった。強引な婚姻の約束が為《な》された。

もしも、経緯がただそれだけであったのなら、久住正隆は潔《いさぎよ》く身を退《ひ》いただろう。望まぬ婚姻とはいえ、家筋を助けるためだ。女の決断も尊重しなければならない。だが、そうではなかった。

それは謀略の一環であった。政治力を有する女の家系を貶《おとし》めるため、対抗する勢力が仕掛けた罠《わな》。華族と政治、官僚がかかわり、女の家は潰《つぶ》されようとしていたのだ。

それを知った久住正隆は、女を連れて逃げた。この写真はな、その直前に撮られたものだ。久住正隆とその妻となる女、それらを貶めようとする者たちの晩餐《ばんさん》の席でのことだよ。

逃げることしか、二人にはできなかった。もっと良い算段があったかもしれないが、ただ逃げたかった。そうすれば、どこかに辿《たど》りつけるかもしれないという儚《はかな》い幻想があったのだろう。

どこにも辿りつけはしないというのに。二年に及ぶ逃亡の最中、二人の子供にも恵まれた。しかし追っ手は執拗《しつよう》で、ついに捕まり、久住正隆と女は引き離された。子供たちも連れて行かれた。どうすることもできなかった。

氷神公一は、あらためて女に妻となることを強要した。男と逃げ、子供までいる女にだ。氷神公一が欲したのが、家系であって、女自身でないのはあきらかであった。

悟ったのだろうと思う。自分は、家に囚《とら》われ、血筋に縛られ、階層社会に利用される人間であり、逃れられぬとわかったのだ。
女は自死を選んだ。
首を吊《つ》った。
久住正隆は、女ともう一度だけ逢《あ》いたいと願い、忍び入ったところでそれを見た。もっとも愛する者が、縊《くび》れている様を、はっきりと見たのだ。
わ
し
は
見
た
の
だ
。
あのときほど、すべてを呪《のろ》ったことはない。あのときほど、自らの出自を憎んだことはない。叫び、慟哭《どうこく》し、そして誓った。
ゆるさぬと、決意した。
わしは、氷神公一を殺した。
そうして、もっとも重い罰を与えることにした。相手にも、己にも。
それが氷神公一として生きることとだ。
不遜《ふそん》にふるまい、金を得た醜い年寄りになるまで生を甘受する。やつを貶め、辱《はずかし》める生を送るのだ。久住正隆という人間は、女を追って自決したように処理した。
幸い、氷神公一には身寄りなどなく、天涯孤独の身であった。わしと背格好に似たところがあり相貌《そうぼう》にも共通点があった。争乱の時代に入れ替わりを行うことは、そう難しくなかった。

それから、企《たくら》みに荷担した者達への恨みも忘れなかった。上条、司月、角竹、そして秋月だ。欲深く、女の家系を貶めようと画策した連中。相応の罰を与えねばならない。

しかし、相応の罰とはなんだ？

家系を貶めようとした連中だ。自らの家系、その血筋が貶められることが、もっとも重い罰になる。そう考えた。

罪を犯した者ではなく、その血族に贖ってもらう。

そして、それを実現するのにふさわしい場所を選定した。この居留地の異人館。ここでならば、誰の邪魔も入らぬ。国家の法など、無きに等しい地なのだから。

わしは氷神公一として過ごした。学徒の頃に学んだ技術で、憎い連中の死を描いたのもその頃だ。それが実現する光景を夢見ていた。

名残の会。

それは言葉どおりの名残の意味ではない。

名を残させぬ、断絶の意味を込めた咎人の檻なのだ。

遺産の秘密などと嘯《うそぶ》いて、連中の子女を集めたのはそういうわけだ。

だが、人の血とは恐ろしいものだ。

上条の血の末が、わしの正体を勘ぐりだした。シズカよ、お前の云うとおり、あの男はわしが氷神公一でないのを見抜いた。老醜により、誰もわからぬだろうとたかをくくっていたが、油断であったよ。

機会が訪れたのだと、わしは考えた。そろそろ、罰の総仕上げだ。氷神公一は、老醜の果てに殺人に手を染め、首を括《くく》られて死ぬのだ。

わしは計画を練った。後は、お前の云ったとおりだ。わしは計画を実行し、そして氷神公一に死を与えた。罰を与えたのだよ」

老人は語り終えた。

「さようでございましたか――」

シズカの目に光があった。それは峻烈《しゅんれつ》な裁判官のそれであった。

「――この期《ご》に及んでも、まだあなたは真実を語っていません」

「何を云う。わしはすべてを話した」

「では、なぜ久住さまを名残の会へ加えられたのでしょうか？　あなたが愛した人の生んだ、あなたの娘でございます」

シズカの追及に、老人は言葉もなく喘《あえ》いだ。

久住は顔色が蒼白《そうはく》だ。奇怪な殺人に手を染めた怪物が、自分の父親だとわかったのだから、それも無理はないが。

「あなたは、確かに愛妻の復讐《ふくしゅう》のため、仇敵《きゅうてき》の血筋に害を及ぼそうと企んだでしょう。しかし、それは時間の経過とともに、感情の希釈を招いたのではありませんか？　復讐に燃えた感情は、時とともに薄らいだ。人は神になれず、悪魔にもなれません。当事者は死に、あなたの憎しみは消えかかった。理由を付け、動機を捏造《ねつぞう》して自分を偽ったとしても、もはや激しい感情はもどらなかった。

あなたが名残の会を召集した本当の理由は——」

「やめてくれ……」

老人は懇願したが、シズカはゆるさなかった。

「——ただ、娘たちに逢いたかったからでしょう。久住正隆——父親——の絵を収集するという方便は、つまり、そうでもしなければ、他人になってしまったあなたに、娘と逢う理由がないからです。遺産に関する嘘《うそ》の話は、依然として困窮している娘の家を助けるため、あなたがこっそりと助成するために捏造されたものです。機会をうかがって、あなたは氷神公一として築いた財産を、発見された遺産の名目で娘たちに譲るつもりでいたのでございましょう。

しかし、二年前の出来事ですべて狂いはじめたのです」

「二度までも、二度までもわしは奪われ、引き裂かれた」

老人は、卓に拳《こぶし》を打ち下ろした。

「上条さま、角竹さまが結託して、久住さまの妹を殺害した。これは想像に過ぎませんが、上条さまはあなたの正体を疑い、それによって久住さまの妹との関係を看破されたのではありませんか？」

「証拠はない。だが、司月の姉妹は他の誰かを消してまで遺産を求めるほどの動機を持ち合わせていなかった。あの子らも困窮する華族の一員とはいえ、まだまだ余力があったからな。疑うべきは上条と角竹のみだ」

「あなたは調べ、結論を得た。上条さまは、あなたと久住さまの妹との関係を見抜き、あなたが娘に遺産を与えるつもりだと解釈して、邪魔者を排除すべく犯行を企てた。実際には、角竹さまが手を下した」

「わしは、より主導的立場にいたのが上条だったと考えていた。わしと娘の関係を、確信していた様子だった。まさか、角竹が実行犯だったとはな。わかっていれば、赦《ゆる》しはしなかった」

「あなたは時の経過が憎しみを希釈させ、さらなる惨禍を招いたことを後悔したでしょう。当初の目論見《もくろみ》どおり、その血筋を貶め、断絶の檻《おり》を復活させることを決意したのでございます」

「もっと早くにそうしているべきであったのだ。仇敵を葬《ほうむ》っておくべきだった。憎しみを忘れるべきではない。わしは甘かった」

「あなたの正体が疑われ、久住さまの妹が亡《な》くなってから二年もの時間が経《た》ってから犯行が実行に移されたのは、秋月さまの血筋が行方不明であったからでしょう。危険を理解していたのか、あるいは病のゆえの隠遁《いんとん》か、秋月の行方は知れなかった。あなたは、断絶の檻を完全なものにするため、待たなければならなかったのでございます。そして、かつてあなたの描いた絵が、秋月の血を引き寄せたのです」

「秋月は、病ゆえに中央から姿を消した。長生きなど出来ぬ体だ。だから、やつが死ぬのを待てば良かった。死ねば、絵がどこか市場に出回るだろうという目算があった。そこから、秋月の血をたどれるだろうと考えていたよ。目論見は間違っていなかった。二年もの時間がかかったが、今回はしくじらぬと決め、名残の会を召集したのだ……」

「見立て返しによって、被害者がすべて特定されることを恐れたあなたは、計画を急いだ。角竹さまと秋月さまの殺害をあきらめ、氷神公一の死で幕引きを図ろうとした」

「そのとおりだ……」

　苦渋とともに吐き出すと、老人は顔を上げてシズカを見た。「しかし、なぜだ？　どうしてお前にはそこまでのことがわかる？」

「見立てであるがゆえに、見立て殺人であるがゆえに」

「見立てだと？」

「見立ての最終結論を予測したときに、絵の枚数から、最後に残るのは二人だと考えられました。犯人と、被害者でも加害者でもない人物。その予測は覆りましたが、犯人である氷神公一は『被害者』として絵に描かれています。破棄された二枚の絵には角竹さまと秋月さまが描かれていたのでしょう。すると、最後に残るのは一人。描かれていないゆいいつの人物が被害者でも加害者でもない人物です。

わかってしまえば、簡単なことでございます。

それは久住さまです。

あなたは、実の娘を手にかける動機を持ち合わせてはいないのですから。

結局、あなたは愛ゆえに殺人犯となり、愛ゆえに失敗を重ねたのでございます」

シズカは、そう締めくくった。老人は深く息を吐いた。

「……シズカよ、お前は本当に良くできた使用人だ。だからこそ、問いたいのだがね。これより先、どうするつもりかね？　わしを領事に引き渡すか？　それとも、外から警察でも呼んでみるかね？」

「それはわたくしの一存では判断しかねます。しかし、もはや答えは出ているのではないでしょうか」

「どういう意味かね？」

「久住正隆は幻視者でございます。氷神公一は、久住正隆の絵の中で、縊れ死んでいるのでございます。そのように見立てては行われるのではありませんか？」

シズカの言葉を、老人はゆっくりと反芻《はんすう》していた。

「……わしは氷神公一だ。この館《やかた》で起こったのは、強欲で、罪深い老人が、正気を失ったゆえの出来事だ。外へ出たのなら、そのように云い伝えてはくれないだろうか」

「承知いたしました、ご主人様――」

シズカはかしこまり、姿勢良く一礼した。

「――見立てはきっと叶えられるでしょう。このシズカに、万事をお任せくださいませ。秘密は完全に保守され、望まれるとおりにことは運びます。わたくしは、完璧《かんぺき》に仕事を遂行してみせます」

色のない唇が微笑を浮かべた。

# 継ぐ序章

それは名残館事件の翌年の春、三月も終わりになろうかという頃合いの、肌寒い雨の朝であった。桜のつぼみはまだかたく、冬が戻ってきたような気候だ。居留地の人々は外套《がいとう》の襟を立て、温暖な日射《ひざ》しを待ちこがれていた。

深い森の中、一人の女性が歩いていた。

片手に洋傘をさし、もう片方の手に旧《ふる》い旅行鞄《かばん》を持っている。

彼女は、女性としては背が高い。濃紺の洋服に白い前かけをしている。髪は洋装に合うように束髪で、英吉利《イギリス》結びにまとめられていた。

顔の作りは人形めいて整っている。

そして眼だ。瞳《ひとみ》はその血筋の奇縁をあらわしている。灰色で、光の加減によって鈍い青みを帯びる。露西亜《ロシア》から渡ってきた異人か、欧州北西の民か、あるいは開港によって堕《お》とされた混血かもしれなかった。

もうずいぶんと長く歩きつづけている。それでも、彼女の足は止まらない。やがて、行く先に開けた場所が見えてきた。

森の中央に、ぽっかりと空いた空間には、重厚な門構えの洋館が建っている。彼女は、その門の前で立ち止まった。そうしてゆっくりと、建物の威容を眺めた。

「こちらが、新しいお勤め先でございます」

死人めいて色のない唇が微笑した。

本書は新潮文庫のために書き下ろされた。

長江俊和著 **出版禁止**

女はなぜ〝心中〟から生還したのか。封印された謎の「ルポ」とは。おぞましい展開と、息を呑むどんでん返し。戦慄のミステリー。

米澤穂信著 **満願**
山本周五郎賞受賞

磨かれた文体と冴えわたる技巧。この短篇集は、もはや完璧としか言いようがない――。驚異のミステリー3冠を制覇した名作。

米澤穂信著 **ボトルネック**

自分が「生まれなかった世界」にスリップした僕。そこには死んだはずの「彼女」が生きていた。青春ミステリの新旗手が放つ衝撃作。

早見和真著 **イノセント・デイズ**
日本推理作家協会賞受賞

放火殺人で死刑を宣告された田中幸乃。彼女が抱え続けた、あまりにも哀しい真実――極限の孤独を描き抜いた慟哭の長篇ミステリー。

島田荘司著 **御手洗潔と進々堂珈琲**

京大裏の珈琲店「進々堂」。世界一周を終えた御手洗潔は、予備校生のサトルに旅路の物語を語り聞かせる。悲哀と郷愁に満ちた四篇。

島田荘司著 **セント・ニコラスの、ダイヤモンドの靴**
―名探偵 御手洗潔―

教会での集いの最中に降り出した雨。それを見た老婆は顔を蒼白にし、死んだ。奇妙な行動の裏には日本とロシアに纏わる秘宝が……。

夢野久作著

**死後の恋**

―夢野久作傑作選―

謎の男が、ロマノフ王家の宝石にまつわる奇怪な体験を語る「死後の恋」ほか、甘美と狂気の奇才、夢野ワールドから厳選した全10編。

江戸川乱歩著

**怪人二十面相**

―私立探偵 明智小五郎―

時を同じくして生まれた二人の天才、稀代の探偵・明智小五郎と大怪盗「怪人二十面相」。劇的トリックの空中戦、ここに始まる！

江戸川乱歩著

**少年探偵団**

―私立探偵 明智小五郎―

女児を次々と攫う「黒い魔物」vs.少年探偵団の血沸き肉躍る奇策！ 日本探偵小説史上最高の天才対決を追った傑作シリーズ第二弾。

辻村深月著

**ツナグ**

吉川英治文学新人賞受賞

一度だけ、逝った人との再会を叶えてくれるとしたら、何を伝えますか――死者と生者の邂逅がもたらす奇跡。感動の連作長編小説。

知念実希人著

**天久鷹央の推理カルテ**

お前の病気《ナゾ》、私が診断してやろう――。河童、人魂、処女受胎。そんな事件に隠された〝病〟とは？ 新感覚メディカル・ミステリー。

知念実希人著

**スフィアの死天使**

―天久鷹央の事件カルテ―

院内の殺人。謎の宗教。宇宙人による「洗脳」。天才女医・天久鷹央が〝病〟に潜む〝謎〟を解明する長編メディカル・ミステリー！

イラスト　カズモトトモミ
デザイン　鈴木久美

# 使《し》用《よう》人《にん》探《たん》偵《てい》シズカ
―横濱異人館殺人事件―

新潮文庫　つ-37-1

平成二十九年十月一日発行

著者　月《つき》原《はら》渉《わたる》
発行者　佐藤隆信
発行所　株式会社　新潮社

郵便番号　一六二―八七一一
東京都新宿区矢来町七一
電話　編集部(〇三)三二六六―五四四〇
　　　読者係(〇三)三二六六―五一一一
http://www.shinchosha.co.jp

価格はカバーに表示してあります。

乱丁・落丁本は、ご面倒ですが小社読者係宛ご送付ください。送料小社負担にてお取替えいたします。

印刷・錦明印刷株式会社　製本・錦明印刷株式会社


ISBN978-4-10-180108-7 C0193